疫病と日本文学

日比嘉高 編

三弥井書店

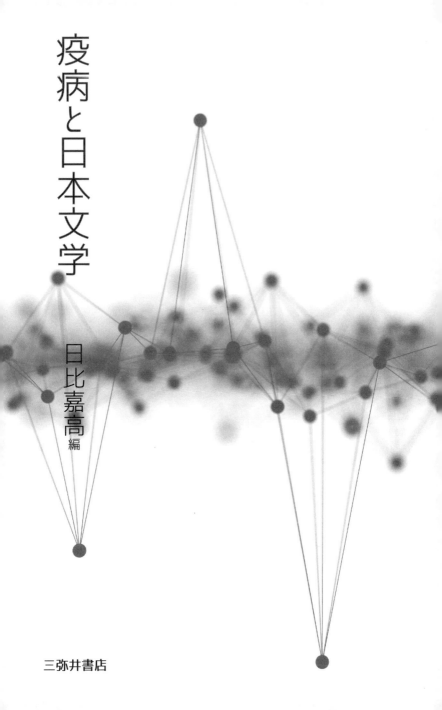

疫病と日本文学　もくじ

はじめに　疫病と日本文学——千年の表現史を追う

日比　嘉高

迫り来る「ころり」

「真木廼家」という号をもつ江戸の町人の身近に、ひたひたとコレラの足音が迫っていた。身内が亡くなる。悔やみに出かければ、コレラの話で持ちきりである。真木廼家はそこで数多くの病の噂話を聞き、そのあとまわった床屋でも、さらにそれを上回る膨大な量の噂を聞く。気をつけねばならない。真木廼家は、足の脛や指の間に灸を据えて用心する。死者を弔うため、火葬場へ行った。聞きしに勝る死者の多さである。真木廼家は、そのようすを驚愕とともに見聞記録に書き付けた。「葬式の棺桶、何れの火屋にも門内より裏の方に至るまで、山の如く積重ね」うんぬん。「前代未聞の儀」であることよと、彼は述懐している。幕末の江戸を襲った「ころり＝コレラ」のありさまである（本書、塩村論）。

令和二年（二〇二〇）に始まった新型コロナウイルス感染症のパンデミックは、私たちの生活や感覚にとって大きな転換点となるかもしれない。何が起こっており、この先の世界はどうなっていくのだろう。それを考える際に、かつて同じような疫病の流行が起こったとき、人々は何を考え、感じ、どう処したのかを振り返ることは有用である。本書は、日本文学の描いた疫病と、その渦中に生きた人々のようすを、中古から現代に至る千年のスパンで見渡す試みである。

心をもつ病

中世において病は、心を持っていた。それは神や鬼の姿、あるいは童や虫の姿を取って現れた。彼らは、しばしば政治的敗北の恨みなどをもっているとされた。あるいは、病者に取り憑きながらも薬を怖れるといった感情をもっていることがうかがわれた。心をもっていることによって、彼らと人間との間で一定のコミュニケーションが生まれる。なぜ中世の人々は、人と対話可能な存在として、病を描き出したのだろうか。中根千絵は、得体の知れなさから来る不安から人々を解き放とうとしたからだったと推定する（中根論）。たしかに、たとえ鬼や虫が恐ろしく不気味であったとしても、何もわからないよりは、それが視覚化され、会話を交わせれば、少しはましになるだろう。心をもつ病という表象は、そうした安心のための方便だったわけだ。

その一方、病の正体が政治的敗者の怨霊——当然ここでも病は心をもつ——だとみなされたときには、様相は少し異なる。伴大納言や菅原道真などといった行疫神、御霊は、敗者の恨みというその属性ゆえに、権力を握る政治的勝者に対立する構えをとる者の拠りどころとなりうる。病が行疫神によってもたらされていると噂されるとき、その怒りを鎮めようと祀りを行うとすれば、その祀りは権力者の失政をとがめ、政治的な不満を晴らさんとする抵抗的な意味を帯びることになる。

対話可能な心をもつ疫鬼か、恨みに荒ぶる疫神か。中世の表現世界において、病はその両面があると示唆されていた。酒呑童子などの鬼を論じた高木信もまた、鬼と人間との相同性を言い、鬼は人が自分たちの生活空間を保っていくために必要とした「悪」だったのだと指摘する（高木論）。病をめぐる両義性は、近本謙介の指摘するところでもある。『日本書紀』『今昔物語集』において、神は除疫・防疫を行う者であると同時に、疫病をもたらす者であった（近本、コラム）。アンビバレントな病の神や鬼、虫たちは、人間が疫病と共に生きていくために生み出した一つの知恵だった。

さて、千年の時を経て、「虫」は令和二年（二〇二〇）のパンデミック小説にも現れた（日比論）。原因不明の疫病の結果現れた「虫」は、そこでは感染者自身の別名となっている。小林エリカの短編「脱皮」の向こうに、今述べた中世の「虫」のありさまを重ね合わせてみよう。中世の表象では、「虫」は人間とは別種の存在であり恐ろしいものだが、一方で心を持ち、対話可能な存在であった。これに対し、現代の表象において、「虫」は「感染した人間」自身である。DAPPIという略称をもつその病は、伝染するらしく、しかし原因も感染経路も治療法もわからず、罹患者から言葉と思考を奪い去っていく。罹患した者は恐怖に駆られた人々によって社会から弾き出される。人を人ならざるものへ変えていく病。人を「虫」へと変えていく感染症。

対話可能な「虫」とは、共生できる。しかし対話不可能な「虫」とは、共生できない。対話可能な「虫」という表象は、「虫」をも含めた人の社会の包摂的な志向を示す。一方、対話不可能な「虫」という表象は、「虫」を排除する「健康」な人間たちの排外的な志向をあぶり出す。病をえた人が「虫」とみなされ、排除されていく酷薄な世界。

現実の私たちの世界でも、感染症と排外主義とが結びつけられ、特定の国や人種を攻撃の対象とするヘイト・スピーチ、ヘイト・クライムが、世界の各地で起こっている。近本は、疫病と異国とを結びつける発想が、『日本書紀』の時代からあったと指摘する。変わらないのは、病なのか、私たち人間なのか。古典と対話し、あわせて現代の表現を読み込む作業は、私たちの〝今〟を照らし出す。

前近代と現代の対比をもう少し続けよう。疫病は人に災いをもたらし、人々の身体に変調を起こし、大規模な流行ともなれば社会を変容しさえする。一方、大きな影響を及ぼす疫病の原因そのものは、人の目に見えない。現代であれば、「これがウイルスである」と拡大画像が示されるところだが、そのウイルスであっても実際に肉眼で見ることはかなわない。まして前近代であれば、疫病の原因を目で見ることなど望むべくもない。だが、人は見えないものを見えないからといって、放っておくことはない。病の原因が探され、理由が求められ、可視化が試みられる。疫神や疫鬼、虫などという表象がそうして生まれる。

　現代はどうだろうか。王冠や太陽の光冠に命名が由来するというコロナウイルスの図像は、もちろんそうした「理解」のためのアイコンの一つだ。高木信はさらに「数値」を加える。私たちは日に見えないウイルスをなんとか捉えたいと、必死で数字を見つめるのだ。日々、主要ニュースとして流され、人々の関心を集める各地域の感染者数。あるいは病床の逼迫率、実効再生産数、重症者数、そのほか様々な書き慣れない数値が今や日常のものとなった。だが私たちは、その数値に溺れてしまう傾向があるのではないか。死者の数を示す数値の向こうには、現実の一人の人間の、代替できない生の一つ一つがある。我々は「死者に対する、あるいは〈死〉に対する〈想像力〉を削り取られていること」に鈍感であってはならないと高木はいう（高木論）。跋扈する数値こそ、私たちを惑わせる現代の鬼なのだろうか。

パンデミックを描きとる

　歌人の永田和宏は、コロナ禍の中、投稿される短歌の六～七割がコロナに関するものになっていると述べている。一方コロナを題材とする俳句は、季感を重視するジャンル的な特性からか、短歌ほどの多さにはなっていないと、藤田祐史は述べる（藤田論）。現代の人々は、各々の拠る文芸の特色に立脚しながら、この未曾有の出来事を切り取ろうとしているようだ。

透明に仕切られてゐる薄暑かな　　仁平勝

薄暑は、初夏のうっすらとした暑さをいう季語。作者の仁平は、これとアクリル板の仕切りを組み合わせた。むろん、コロナウイルス感染症の流行以後、客に応対するカウンターや、飲食店で頻繁に目にするようになった透明な仕切り板のことである。じわりと汗ばみ、肌にまといつき始めた暑さが、透明なアクリル板によって仕切られている。アクリル板はさほど大きくはない。その周囲では連続した空気の連なりが、人と人とをつないでいる。つないでいるが、しかし仕切られている。見えているが、しかし隔てられている。「ソーシャル・ディスタンス」と呼ばれる新しい距離のあり方。その空間の仕切り方、あるいはつなぎ方。この句は、空間的な区切りと連なり、視覚的な区切りと連なりを句の中で示しながら、薄暑という季節の中に、その季語が誘い出す身体的な感覚の中に、それを置いてみせる。この句が優れているのは、アクリル板という具体的なものを前提としながらも、「仕切られてゐる」感覚を、一枚のアクリル板の描写にとどまらない、パンデミック時代に広く行き渡った空間の表現、感覚の表現にまで高めているところだろう。

現代のパンデミックが出現させた、特異だが身近でもある感覚を、俳句は季語という集団的で息の長い言語芸術的蓄積を利用することで読み手と共有する。「コロナウイルスの狂騒に一対一で向き合うのはしんどい」。だからこそ「古人・仲間の宿る「季」と供に今を感受するという俳句の流儀」が生きるのだ（藤田論）。

パンデミックが、ある特徴的な表現への欲求を特に呼び起こすということは、小説の場合においても見いだせる。たとえばそれは、「家族」についての語りの増殖として観察されると、飯田祐子は金原ひとみの小説を論じながら指摘する。人の発する飛沫に含まれるウイルスによって感染が起こると警告され、私たちはこれまで交わしてきた触れあいや対話をあきらめ、距離を置くようになった。マスクを着用することなく、人とじかに接することができなくなってしまった。その欠落を埋めるかのように、物語が起動する。「人と人とが触れ合うことが忌避される新しい社会には、人と人との繋がりを構成するナラティブが必要なのである」（飯田、コラム）。

今回のパンデミックにおいて、世界中で用いられた言い回しとして、「ウイルスとの闘い」「ウイルスとの戦争」というものがある。この言葉をめぐって、日本の作家古谷田奈月と中国の作家閻連科《えんれんか》の間で、興味深い対比が見て取れる（尹芷汐《しせき》、コラム）。そこでは「アウシュビッツ以後、詩を書くことは野蛮である」というアドルノの著名な言葉を下敷きとしながら、感染症に対処していく際に「戦争」を引き合いに出すべきなのかどうかが焦点となっている。それぞれの作家にそれぞれの理路があり、そしてそれぞれの背景があって、単純に白黒は付けられない。ウイルスは、人種も国籍も選ばない。病を描く文学も世界中で書かれている。そもそも日本文学に登場する疫神、疫鬼の表現の型は、多く中国にその起源をもつ（中根論）。病の表象と、病に向き合うやりかたは、時代と文化を越える。一方、その国のローカルな状況が強い影を投げかける場合もある。

特徴的な表現が見て取れるのは、言語芸術だけではない。日本語そのものもまた興味深い変化の中にあると、宮地朝子は指摘する。新しい事態は、それを表現するための新しい言葉の誕生を促す。「対面〇〇」「オンライン〇〇」「三密」「コロナ禍」「アベノマスク」「濃厚接触」「不要不急」など、耳新しい言葉やその意味を変えた言葉は、いくらでも思い浮かぶ。それだけ、事態が急変し、言葉がそれを追いかけているのだ。古い言葉が新たな意味を付与されて新造語となる「レトロニム」が増加し、話し言葉／書き言葉に続く現代のコミュニケーションの第三の極たる「打ち言葉」――典型的にはSNSアプリやビジネスチャットアプリなどで交わされる、非対面かつ即時的な性格の日本語――の存在感が強まったことが観察できる。コンピューター・テクノロジーの大波による日本語の変化が、パンデミックの中でさらに加速しているという言い方も可能だろう（宮地、コラム）。

二重写しの過去と現在

過去と現在の表現を照らし合わせながら読むことで浮上する、さまざまな想起や二重写しについても言及しておこう。コロナ禍の下で鬼を語るときに、誰しもが思い起こすのは「鬼滅の刃」だろう。

吾峠《ごとうげ》呼世晴《こよはる》による人気漫画は、テレビアニメとしてもアニメ映画としても記録的なヒット作となった。作中、鬼は人にその血を分け与えることで、人を鬼と化す。血が媒介する鬼の増殖が、ウイルスによる感染と重ね合わされることは、パンデミックの時代を生きる読者たちにとっては、むしろ自然だったかもしれない。島村輝は鬼の血とウイルスの近接性を指摘しつつ、さらに「鬼滅の刃」兄妹と宮沢賢治兄妹とを重ねるという跳躍を行う（島村論）。宮沢賢治や志賀直哉の描いた感染症流行下の大正時代が呼び起こされながら、大正と現代の差異と呼応が測られていく。

　疫病に対応する政治家の姿もまた、過去と現在を対比する思考を誘う。西南戦争、日清戦争で兵たちのコレラ罹患と対峙した後藤新平の業績は、鶴見祐輔の史伝によって、生き生きと伝えられている（榊原千鶴、コラム）。「調査狂」と言われ記録を大切にすることの意義を説き、港での検疫の体制を整え、検疫所の係員の待遇改善を実行した後藤の活躍を見て、現代にも彼のような有能な政治家が出ぬものか——と考えないものはいないだろう。

　遊びと病のからみあいについても、思わぬところから想起が生じる。光源氏には病や死と隣り合わせのイメージが漂うが、彼をはじめとした恋を求める若い貴公子たちの軽率な夜遊びが、病の罹患に結びつき物語を動かす動因となっていると大井田晴彦は指摘する（大井田論）。危険も顧みず夜の町へ出かける若者たちの奔放なあり方に、現代を思い起こしはしないだろうか——いや、現代には奔放な中高年もいるわけだから、この感想はフェアではあるまい。また大井田は唯一本書の中で、病を語らないこと、の美意識を論じて興味深い。清少納言『枕草子』の「病は」の段は、饒舌に「胸。もののけ。脚の気。〔…〕もの食はれぬ心地」などについて語っていくが、決して「疱瘡」と「飲水病〔糖尿病〕」については語らない。どちらも美的ではないという判断があると同時に、この二つが彼女の仕えた中関白家の衰退の一因となったという強烈な記憶があったからだろうと大井田は論じるのである。

疫病を描く日本文学の歴史とは、人とその社会を窮地に陥れる得体の知れぬナニモノかを、知識と想像力と、そして少しの遊び心とによって理解し表現してきた、その連綿たる連鎖のことである。令和初年を生きる私たちは、世界的な感染症の大流行の中で深刻な社会の曲がり角に立っている。だが、そうした危機は、むしろたびたび人の世を襲ってきたということを、私たちは今に伝えられた数々の書物によって教えられる。そしてまた、今紡ぎ出されている感染症をめぐる新しい物語が、千年を超える連鎖の末端＝先頭で、古くて新しい挑戦を続けているのだ、ということにも気づくだろう。

人類の歴史から疫病が消え去る日は、当分来るまい。私たちは病と文学のバトンを、引き継ぎ、受け渡していく役割を担っているのである。

＊

本書には論考七本、コラム五本を収めた。時代は現代から始まり、大きく二部に分けながら、おおむね過去へ遡っていく順に並べた。後半の部は、「あとがき」に書いたとおり、名古屋大学で行われたシンポジウムの記録でもある。通史のような体裁に見えるだろうが、むしろ疫病をめぐる日本文学のスナップショット集として手に取ってもらうとよいだろう。興味に従って、どの時代、どの章から読んでいただいてもかまわない。神と鬼と虫と人間が織りなす、深刻ではあるが、しかし興味の尽きない文芸の世界へ、ようこそ。

疫病の今をよむ

パンデミック小説の地図を書く

日比　嘉高

一　新しい感染＝共生のアンサンブル

ヒトとウイルスとが手を携え、新しい共生の時代を創りつつある。目に見えないウイルスの蔓延が、そして感染への警戒と恐怖が、ヒトの生と死のあり方を変え、社会のかたちを変えている。新しい？　もちろん新しくなどない。地球最古の生物ともいわれるウイルスとの付き合いは、ヒトという新参の哺乳類がこの地上に現れたそのときからの長い付き合いだ。実際人類は、ウイルス起源の感染症の爆発的拡大、あるいはより小さな地域的集団感染にたびたび襲われてきた。近代以降だけでも、たとえば大正七～九年（一九一八～二〇）におけるインフルエンザの大流行である「スペイン風邪」、昭和三二～三三年（一九五七～五八）のインフルエンザ大流行「アジア風邪」、平成一四～一五年（二〇〇二～〇三）のＳＡＲＳコロナウイルスの流行など、たびたび大規模な感染が起こっている。

だが、にもかかわらず今回の新型コロナウイルスとの共生は「新しい」。なぜなら、共生のかたちは、ウイルスでもなければ、ヒトでもなく、その両者とその結びあい、それをとりまく環境、技術、習慣、感性などの複合的な合奏によって決まるからである。変異したウイルスがヒトの体に入り込んで共生すること自体は、これまでにも繰り返し起こってきた。だが、ウイルスの遺伝子が変われば、そのウイルスによって引き起こされるヒトの生体の反応が変わる。そして何よりヒトの社会のかたち、医療知識・技術のかたち、そして習慣や感性のあり方が時代とともに移り変わっている。だから共生のかたちは新しくならざるをえない。

パンデミックの波紋は、ウイルス単体で考えるだけでは、またヒト単独で考えるだけでは追い切れない。ウイルスとヒトと環境とが奏でる新しい感染＝共生の社会的アンサンブルこそが、パンデミックの社会的実態であるならば、我々はその合奏の響きにこそ耳を傾けねばならない。人々は新しいウイルスをいかなる言葉で語り、脅威を、感染の広がりを、いかに描写するか。そして新たなウイルスとの感染＝共生をどのように想像し、描き出すのかを考えねばならない。

新しい合奏の響きを聞くための回路として、ここでは小説を選び取ろう。コロナ禍のもとで生み出された現代の文学は、何を語るのか。日本の作家の作品を中心に、〈コロナ禍の文学〉が語る想像力に、耳を澄ませてみたい。

二　パンデミック小説をマッピングする

コロナ禍を描く現代日本の文学作品を検討する準備のために、これまでに発表された主立ったパンデミック小説のうち、本章で言及する作品についてマッピングを行ってみた（図1）。軸線は二つ引いた。一つは「シミュレータ指向」の軸。右方向に行くほど傾向が強い。これは、感染爆発が起こったときに何が起こるかを科学的知識や社会状況などの考察をもとに描出しようとする指向である。もう一つは「非現実指向」。上方向に行くほど傾向が強い。これは、人間と社会の現実の姿にこだわらず、そこから遊離したり、オルタナティブなあり方を想像しようとする指向である。

　原点付近には志賀直哉の「流行感冒」[1]と菊池寛「マスク」[2]がある。志賀の「流行感冒」は、スペイン風邪が流行する中、扱いの難しい女中との諍いと理解、そして別離を描く短編である。感染拡大のシミュレーションなどもちろん行わず、身の回りの日常だけを描く小説だ。菊池寛の「マスク」もスペイン風邪の流行の中、マスクをはじめとした感染予防についての心理的な葛藤を描いた小品だ。志賀の作品の発表が大正八年（一九一九）、菊池の作品は大正九年（一九二〇）で、いずれももちろん現代小説ではないが、近代小説の事例として対比のために置いた。なお念のため言えば、図の原点はたんに二つの指向がないということだけを示し、パンデミック小説の「起源」という史的ないし系譜的な意味はない。金原ひとみの「アンソーシャル　ディスタンス」[3]はコロナ禍の自粛圧力を背景にする

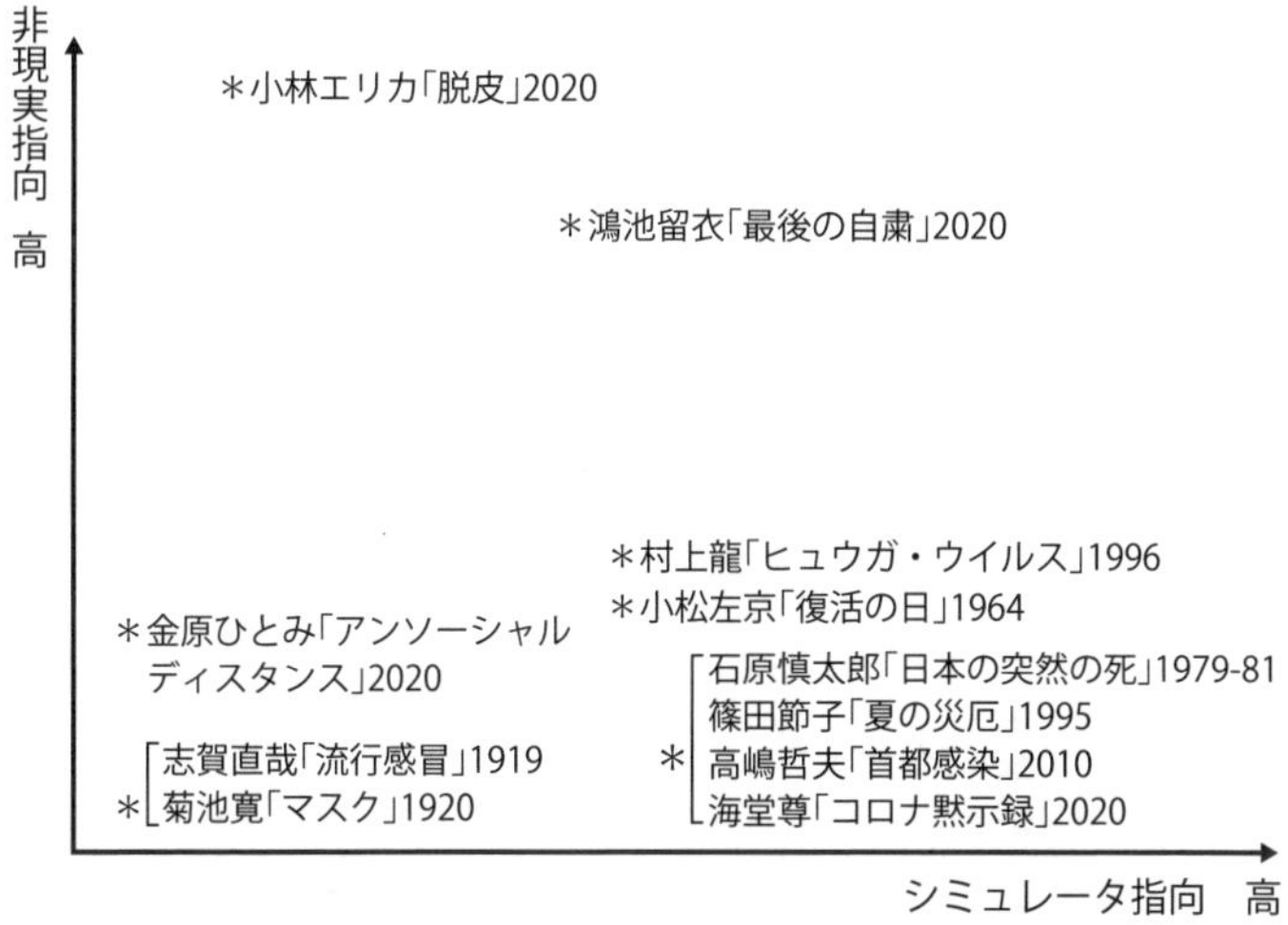

図1　パンデミック小説のマッピング

が、物語の主軸はむしろ自殺願望を持つ恋人二人の四日間のストーリーにある。志賀ほど日常への密着はないものの、場所としてはこの付近にある（なお金原には、令和三年（二〇二一）に発表された別の小説もある。本書飯田祐子のコラムを参照）。

右下には小松左京「復活の日」[4]、石原慎太郎「日本の突然の死」[5]、篠田節子「夏の災厄」[6]、村上龍「ヒュウガ・ウイルス」[7]、高嶋哲夫「首都感染」[8]、海堂尊「コロナ黙示録」[9]がある。小松「復活の日」は地球規模の生命史と宇宙由来のウイルスという壮大な仕掛けをもとに絶滅寸前にまで追い込まれる人類の苦闘を描いた名作。石原慎太郎「日本の突然の死」は冷戦構造を背景にソ連の謀略によって破滅していく日本の姿を描いた政治小説である。篠田節子「夏の災厄」では研究機関から漏出した生物兵器由来のウイルスが地方都市でエピデミック（地域的な流行）を起こす。村上龍「ヒュウガ・ウイルス」は、太平洋戦争後の日本が連合軍の分割占領を受けている世界を舞台にした長編小説「五分後の世界」の続編であり、作中ではフィロウイルス科の未知のウイルスが九州東南部のリゾート・コンプレックスで発生、日本国地下司令部（UG）の特殊部隊が調査・対応に向かうという物語である。高嶋哲夫「首都感染」は、中国で発生した新型の強毒性鳥インフルエンザ・ウイルスの流入を防ぐために首都東京を封鎖する医師と政府首脳らの苦闘を描く作品である。海堂尊「コロナ黙示録」は、今回の新型コロナウイルスによる緊急事態宣言の中で執筆された長編小説で、ウイルスの流行以前に起こっていた政府与党に関わるいくつもの疑惑と、流行以後の感染拡大との闘い――海堂作品でお馴染みの田口・白鳥シリーズ／チーム・バチスタの面々が登場する――が、「有朋学園と公文書改ざん問題」「ダイヤモンド・ダスト号」など、それとわかる名称で指し示されながら描かれている。どの作品も、病原体、それに対する政府や行政の対応、医師や医療技術者の対応などが詳細な調査のもとに書き込まれる。

左上近くには小林エリカ「脱皮」[10]がある。やはり新種の感染症らしき病いの拡大を描く小説だが、小説の軸足はシミュレーションではなく、感染によって引き起こされる身体の変化への恐怖と、社会的な抑圧の描出に置かれている。右上付近には、二つの指向を兼ね備えた作品が集まる。鴻池留衣の「最後の自粛」[11]はシミュレーションの興味関心を手放さないように気を遣いつつ、自由と諧謔と反抗に溢れたストーリーを描いている。

三　パンデミックと愛国——石原慎太郎「日本の突然の死」、村上龍「ヒュウガ・ウイルス」

ここからはいくつかのトピックに分けて、個別の作品を掘り下げていこう。最初は、なんといってももっとも数が多い——今回は触れられなかった作品も多い——、シミュレーション系の小説からはじめよう。現実のパニックをシミュレーションすることは、それ自体で知的な面白さがある。ウイルスや生物兵器による爆発的な感染が発生した場合、それが何に由来し、どのように感染が始まり、拡大し、人々はいかに対応したのか。そのリアリティと切迫性、対応に身を捧げる人物たちの活躍が、エンターテインメントとしてのシミュレーション系作品の魅力だ。作品が過去のものであるならば、現在コロナ禍の只中にいる読者たちは、その作品の描写とパンデミックが現実に起こった今生きる社会とを比べてみたいという好奇心を持つだろうし、そしてその作品が上出来であったならば予言の書を読んだかのような興奮を得るかもしれない。

パンデミックをシミュレーションする小説について相当量をまとめて読んだときに浮かび上がってくるのは、それぞれの作品がシミュレーションの絵柄の上に載せたメッセージ、もしくはイデオロギーの部分である。典型的な例として、石原慎太郎の「日本の突然の死」と村上龍の「ヒュウガ・ウイルス」を考えよう。「私の政治的想像が、杞憂に終らんことを切願する」というエピグラフを掲げて始まる「日本の突然の死」は、ソビエトが軍事力においてアメリカを凌駕し、世界制覇を目指す中、日本がソビエトの陰謀によっていともたやすく崩壊していくさまを描いた作品である。パンデミックは、本作ではソビエトの手によってばらまかれた「多剤耐性ペスト菌」によって引き起こされる。細菌兵器あり、核兵器あり、静止衛星兵器あり、台風あり、市民の暴動ありという、ほとんど何でもありの一方、外形的な影響力や部分的な結果だけを横に広げていくという欠点のためかもしれないが、大風呂敷で、読むのに時間がかかるわりにはシミュレーションが平板で、洞察を得たという気持ちになれない。

一方、メッセージは直截である。「今の日本人は、第二次大戦の時の日本人とは、外見は同じでも、中身は全く違う腑抜けでしかないよ。奴らに国のために死ねというのは、豚に翔べというのと同じだよ」（下巻、一四八頁）と言うソビエトの諜報員や、「あの国民は、何か、一番肝心なものが欠けていた」（下巻、五〇六頁）と述べるアメリカ政府高官のセリフに集約されるように、この小説がシミュレーションに撚り合わせたのは、《滅びる前に日本を救え》という冷戦的恐怖にあおられた愛国の訴えである。

村上龍の「ヒュウガ・ウイルス」もやはり戦争状態の日本を描く。特徴的なのは米国やソビエト、中国などからなる連合軍の分割占領下に置かれた日本が、三層の構造を持つ集団に分けられている点である。一つは「ネイティブ・ジャパニーズ」と呼ばれるスラム街の住人たち。外国からの技術移民との間で混血が進んでいる。もう一つは「準国民」。同じように混血で、スラム出身だが、後述のU

Gにあこがれ、その下部組織として働く若者たち。最後の一つが日本国地下司令部（UG）。二六万人が地下生活を送っており、高い技術力と知性によって占領軍に対抗し、ゲリラ戦を続けている。

圧倒的な物語の疾走感と、ウイルス学や兵器、戦術についての豊富な情報、鮮やかで視覚的かつ暴力的な細部の描写など、村上龍の魅力が詰まった長編で一気に読める。一方、根幹となるメッセージもまさに村上龍的だ。「圧倒的な危機感をエネルギーに変える」（二六〇頁）こと。ほぼ致死率一〇〇％のウイルスによる感染症から生還できるかどうかの線引きが、この精神論気味なメッセージに集約していくという設定に乗れるかどうかが、村上龍のよい読者になれるかどうかの分かれ目かもしれない。

ただ、現代の我々はこれらを小説家兼自民党所属政治家が書いた陰謀論小説として扱ったり、知的な皮を被ったマッチョなナショナリズム小説扱いをして葬り去ってよいわけではない。むしろ今こそ、感染症への恐怖がたやすく愛国心や排外主義を呼び寄せるという事実を噛みしめるべきだろう。新型コロナウイルスを「武漢ウイルス」「中国ウイルス」と呼び、特定の民族や人種への差別や排除に結び付ける行為は、日本だけでなく欧米の保守政治家や保守言論が性懲りもなく繰り返している。ウイルスとの戦いは世界中で「戦争」のレトリックを呼び起こした。ウイルスと戦争は無関係だが、ウイルスと戦争の相性は悪くない。

四　身体の変貌、廃棄される「虫」たち――小林エリカ「脱皮」

　現在のコロナ禍のなかで書かれた、もっとも我々を考え込ませる良作は、小林エリカ「脱皮」だと私は考えている。この小説は、まさに未知の感染症による不安の広がる今こそ読まれるべき作品だが、と同時に私が感じるのは、この作品はたまたま新型コロナウイルスによる感染症の拡大に出会っただけであり、そもそもの作品の射程はもっと長いのではないか、ということである。

　作品の舞台は、ＤＡＰＰＩという略称を持つ正体不明の病気が広がっている世界である。この病気は一〇年ほど前から現れ、四年前にようやく名前が付いた。人々は、感染することを「脱皮」と呼ぶ。脱皮すると、人は言葉を徐々に失う。病気は伝染性ではないといわれているが、しかし環境が似通っている場合には、発症の時期が重なることもあるという。「生理が伝染るのと同じよう」（一五頁）に。発症した人々は、「虫たちが皮を脱ぎ捨ててゆくように、ひとつまたひとつと言葉を手放して」（一四頁）いき、やがて読み書きも話すこともできなくなる。人は患者を、「虫」と呼ぶ。

　この小説はたまたまコロナ禍に出会っただけかもしれない、と私は書いた。小説が抱えているさまざまなモチーフ――身体の変調への不安にしても、被害者をさらに鞭打ち、排除しようとする社会にしても、老齢の被介護者の憂悶にしても、コロナ禍に固有の問題ではなく、むしろそれ以前から広がっていた社会的かつ個人的な不安、困難ではなかったか。

いや、それをいうならば――、むしろ新型コロナウイルスこそがそうなのだ。新型コロナウイルスがもたらしている感染症は、たしかに新しいものであるだろうが、その社会的な余波は、むしろコロナ以前から折り重なっていた不安、困難が、パンデミックによる劇的な社会の機能停止と恐怖の瀰漫によって可視化されたという面が多いのではないか。


脱皮した田グッチの家は駅前にあるコンビニのオーナーだった。

正月明けの夜、塾の帰りにそこを通りかかったときには、店のガラス窓には十字に養生テープが貼りつけられ、壁にはでかでかと「害虫ＤＥＡＴＨ！」と黒いスプレーで落書きされ、酷いものだった。冬だというのに駐車場の脇の電光看板には何匹かの蛾が群がっていた。（一九頁）

それからひと月もしないうちに、脱皮した人の収容施設がたて続けに火事になったのだった。

脱皮した人たちに加え、施設職員や看護師などにも死者や重傷者が多数出た。

テレビの向こうでは、脱皮した人の家族たちが泣きながら謝罪し、頭を下げていた。（二三頁）

感染者が「虫」と呼ばれ、死ぬがよいと言われる社会。感染者は言葉を（つまり世界を）失い、周囲に迷惑をかけることに怯え、自ら「玉砕」という自裁をとげる社会。感染者が出た家の壁に「害虫Ｄ

EATH!」と落書きがされる社会。感染者やその家族が、泣きながら謝罪する社会。それはウイルスがもたらした社会ではない。ウイルスは、役に立たない人間を廃棄物のように捨て去る社会のむごたらしさを可視化しただけである。だから、病原を入れ替えれば、小林エリカの「脱皮」のすぐ横には、たとえば吉村萬壱の「ボラード病[12]」の描いたディストピアが瓜二つの顔立ちで並んでいるのも、不思議ではない。

小林エリカ「脱皮」がとらえたのは、まさにコロナ禍以前から響いていた、私たちの社会の重苦しい旋律にほかならない。

五　自粛の街で――高嶋哲夫「首都感染」、テジュ・コール「苦悩の街」、金原ひとみ「アンソーシャル　ディスタンス」、鴻池留衣「最後の自粛」

『新潮』令和二年（二〇二〇）六月号に掲載されていたナイジェリア系アメリカ人作家テジュ・コールによる短編「苦悩の街」を読みながら私は、日本の都市が封鎖されなかったことについて考えさせられた。「苦悩の街」はやはり現在のコロナ禍をふまえて書かれた作品だ。主人公が移住した都市では、空港が解体されている。移住してきた主人公は、死をもたらす病が広がるその街に閉じ込められてしまう。

カミュの「ペスト」（一九四七年）もまた、完全に封鎖された都市の中の医師たちの苦闘を描いていたが、都市封鎖への想像力は欧米作家の特徴なのだろうか。いや、日本の小説でも、都市のロックダウンを描いた作品はある。たとえば高嶋哲夫の「首都感染」は、国内への感染者の流入、そして国内での感染拡大を止めるために、医師や政府首脳らが空港や港湾を閉鎖し、巨大都市東京を封鎖するようすを緻密に描いていく物語だ。ヒト―ヒト感染するようになった強毒性の鳥インフルエンザが、サッカー・ワールドカップ終了後の中国から、数万人のサポーターの帰国とともに日本に入ってこようとしている。それを食い止めようとするさまざまな作中の手立ては、まさにダイヤモンド・プリンセス号の停泊と検疫、そして乗客の下船という一連の出来事から始まった今回の日本の新型コロナウイルス対策を思い起こさずにはいられない。

一方、テジュ・コールの「苦悩の街」と同じ『新潮』六月号に掲載された金原ひとみの「アンソーシャル　ディスタンス」と鴻池留衣の「最後の自粛」には、都市封鎖は出てこない。日本では現実に都市のロックダウンが行われなかったのだから、当然といえば当然なのだが、この両作がロックダウンどころか、自粛さえ守っていない主人公たちを揃って描いていることは、興味深い。

ロックダウンが行われなかった日本でむしろはっきりと浮上したのは、「自粛」という空気の強烈な力だろう。私たちの社会は、戦時中の隣組の相互監視を、昭和天皇崩御のあとの強烈な喪の同調圧力を経験してきた。自粛が日本社会のお家芸であることは重々わかっているはずだが、私たちは感染症が広がる恐怖の中で、またもその圧力の強さを噛みしめた。自粛の空気に正面切って抗うのは簡単ではない。自粛を要請する側にも理があれば、なおさらである。

理があるにもかかわらず、なお自粛に抗いたいと感じるとき、小説は何をどう書くのだろう。金原「アンソーシャル　ディスタンス」は、新型コロナウイルスが蔓延している東京とその近郊を舞台としながら、むしろそれぞれに生きづらさを抱えた主人公の恋人ふたりが、堕胎手術の余波の中、死を考えたり、たわいもなく楽しんだり、セックスをしたり、心中を口にしながら旅行に出かけたりするという、非日常の中の日常――あるいは日常の中の非日常に焦点を合わせている。「コロナは世間に似ている」（一六頁）と主人公の沙南は言う。

コロナは世間に似ている。人の気持ちなんてお構いなしで、自分の目的のために強大な力で他を圧倒する。免疫や抗体を持った者だけ生存を許し、それを身に付けられない人を厳しく排除していく。生きている限り自分は何も成し遂げない。漠然とした確信が、年を重ねるにつれどんどん強くなっていっている。（一六頁）

「コロナ」の正体は、ウイルスではなく、彼女にとっては「世間」だった。それはウイルスによって到来した苦境ではない。ウイルスは「世間」の息苦しさ、生きにくさをあからさまにさらして見せただけなのだ。パンデミックの危機は、ウイルスによってのみもたらされるのではなく、パンデミック以前から引き続く苦境や抑圧と連合することによって昂進する社会的なアンサンブルなのだということを、金原の作品は雄弁に語っている。

自粛に対して積極的に反抗を描いた作品もある。鴻池留衣の「最後の自粛」で主人公たちは、能動的に自粛に抵抗する。物語は埼玉県の進学校（男子校）を舞台としており、その地球温暖化研究会の会員が高校の共学化を阻止するため、オリンピックの開会式の妨害を含むさまざまなテロリズムを実行するというものである。まとめたストーリーから察せられると思うが、鴻池は大半のルールを踏み破っていく登場人物たちを最初から最後まで暴れさせることによって、読者の中の「自粛警察」を最初から失調させる手段に出た。主人公は高校教師だが、彼は顧問として監督する生徒が喫煙しようが飲酒しようが止めないばかりか、生徒が売買する大麻草の世話さえする。主人公格の生徒村瀬は進学校の落ちこぼれで、大麻を売りさばき、家に帰らず、怪しげな機械――「坂東賢志郎」という名前が付いている――で天気を操り（操れると主張し）、その機械も他校生徒に売りつけている。村瀬の理屈は無茶で乱暴だが、しかし彼の主張には一部の理が混じる。

「俺たちの抑圧者はコロナで死んでいる人たちじゃない。コロナ自体でもない。コロナに怯えて、俺たちから世界を奪った人たちなんだよ。〔…〕」（八五頁）

私たちの現実の世界では、緊急事態宣言が出される中、大学は授業をオンラインに切り替えて対応した。学生たちは自宅などから授業に「出席」することになった。それは感染を広げないための措置だったが、これについてキャンパスに通えないこと、友人や部活動の仲間などと会う機会を奪われることなどを理由に抗議の声も上がった。一部の学生や保護者たちが、大学に対し、学生が大学へ通う権利を奪っていると批判したのである。「最後の自粛」における村瀬のこの主張は、こうした現実の声を思い起こさせる。

「最後の自粛」は、全編祝祭的な馬鹿馬鹿しさが疾走する怪作だが、パンデミック下の若者の感情や、異常気象や感染症拡大にかかわる問題系に関してはしっかりと要点を押さえており、荒唐無稽な筋立てを安定させる錨となっている。そうした錨があるために、作品のカーニバルが単なる空騒ぎではなく、批評として成立している。「最後の自粛」は作中において、「自粛」という語の意味を奪い取り、「敵対する者を殺す」という意味内容へと変えている。次々と抑圧者を「自粛」していく主人公たちのグループの行為は、まさに大量殺人でありテロ行為そのものだが、そうした過激な抵抗の身振りには、「自粛」というパンデミック時代の新しい言葉（＝新しい生活様式！）への攻撃の意味合いがあることは注目してよいだろう。

おわりに　小説は現実を形づくる――菊池寛「マスク」

コロナ禍の蟄居の中で、感染症を描く小説に注目が集まった。過去のパンデミックに人々はどう処したのかを知りたい、この先何が起こるのかを考えるヒントにしたい、細密な感染症対策のシミュレーションと現実の行方とを比較したい――、その動機は様々だったろう。

人々のそうした読書の欲求を見るとき、小説もまたコロナをめぐる社会的なアンサンブルの一つの構成要素なのだということを私は確認する。小説は現実の反映でもなければ、出来事の後追いでもない。まさに進行する現在の只中で、人々の揺れ動く感情の制御や、ビジョンの獲得や、あるいは不意に出現した空白の時間の穴埋めのために、小説は機能している。現実に照らされながら現実を照らし、そして自ら現実を形づくる一部となっていく小説のありさまが、今回のコロナ禍のパンデミック小説から見えてくる。

さて、考察を閉じるにあたり、パンデミック後の私たちの感覚がこうなるであろう、という心理的スナップショットを提示する作品を見てみよう。菊池寛の「マスク」である。作品は「私の生活から」と総題されており、菊池寛らしき主人公が、スペイン風邪の流行の中、感染におびえるようすを描く。主人公の「自分」は見かけよりは身体が弱い。医者に心臓の不具合を指摘された彼は、生命の安全を脅かされるような恐れを抱く。まさにそんな中、スペイン風邪の流行が始まる。自分は怯えきってしまい、極力外出しないようにし、妻や女中にもそれを求め、朝夕に過酸化水素水でうがいをし、外出するときには「ガーゼを沢山詰めたマスク」（五九頁）をかけた。新聞の報じる死亡者数に一喜一憂し、自室に閉じこもる「自分」のようすは、まさに現代のパンデミック下において、基礎疾患を抱えるために極度に感染予防に注意を払う人のようすを彷彿とさせる。

読みどころは、マスクをめぐる作品の省察である。感染が拡大する中では、それを着用することが自然であったマスクが、感染が収まるにつれて、次第に悪目立ちするものへと変わっていく。周囲でマスクを付ける人がほとんどいなくなっても、自分はまだマスクを付け続ける。彼は友人に言う。

「病気を怖れないで、伝染の危険を冒すなど〻云ふことは、それは野蛮人の勇気だよ。病気を怖れて、伝染の危険を絶対に避けると云ふ方が、文明人としての勇気だよ。誰も、もうマスクを掛けて居ないときに、マスクを掛けて居るのは変なものだよ。が、それは臆病でなくして、文明人としての勇気だと思ふよ」（五九頁）

マスクをせよという同調圧力が去った後には、マスクなんてまだしているのかという無言の「空気」がやってくる。この原稿を書いている令和三年一月においては、マスクせずに人前に出ることはありえない状況だが、お前はマスクをまだするのかという「空気」を感じる日が、いつかやってくることはほぼ確実だ。スペイン風邪を通り抜けた菊池寛の作品は、その確信を裏付ける。

さて、話はここで終わらず、一捻り入ってくるのが菊池寛の作品である。こんな自分でさえマスクを付けなくなった時期に、たった一人、「勇敢に傲然とマスクを付けて」（六一頁）歩く青年が現れるのである。その青年を前に自分が感じたのは、「不愉快な激動《ショック》」「明かな憎悪」（六〇頁）だった。自分はその感情を省察して、そこにマスクをめぐる自分自身の身勝手さ、「自己本位」があるようだと振り返り、そしてさらに「強者に対する弱者の反感」があったのではないかと述べるのである（六一頁）。

新型コロナウイルスによるパンデミックが終息するようすは、まだ見えない。だがスペイン風邪をくぐり抜けた近代小説は、パンデミック後の私たちの心の機微を、ある意味で先取りして描いていると言えそうだ。コロナウイルスが去ったとき、あなたはいつ、マスクをはずして外へ出るだろうか。そしてマスクをする人、しない人が混在する周囲を見て、あなたは何を考え、どう振る舞うだろうか。

注

（1）志賀直哉「流行感冒」（『白樺』第一〇巻第四号、一九一九年四月）。初出時のタイトルは「流行感冒と石」だった。

（2）菊池寛「マスク」（『改造』第二巻第七号、一九二〇年七月）。「私の生活から」と題された身辺雑記の一つとして発表された。

（3）金原ひとみ「アンソーシャル　ディスタンス」『新潮』第一一七巻第六号、二〇二〇年六月。

（4）小松左京『復活の日』早川書房、一九六四年。
（5）初出は『野生時代』一九七九年一〜九月、一九八〇年一〜七月・九月・一〇〜一二月、一九八一年一〜九月号。単行本は『亡国　日本の突然の死』上下、角川書店、一九八二年。一九八五年の文庫化にあたって『日本の突然の死　亡国』（角川文庫）と改題している。引用は角川文庫による。
（6）篠田節子『夏の災厄』毎日新聞社、一九九五年。
（7）村上龍『ヒュウガ・ウイルス　五分後の世界2』幻冬舎、一九九六年、のち幻冬舎文庫、一九九八年。引用は幻冬舎文庫による。
（8）高嶋哲夫『首都感染』講談社、二〇一〇年。
（9）海堂尊『コロナ黙示録』宝島社、二〇二〇年。なお、海堂には新型インフルエンザに材を取った長編『ナニワ・モンスター』（新潮社、二〇一一年）もある。
（10）小林エリカ「脱皮」『群像』第七五巻第六号、二〇二〇年六月。
（11）鴻池留衣「最後の自粛」『新潮』第一一七巻第六号、二〇二〇年六月。
（12）吉村萬壱『ボラード病』文藝春秋、二〇一四年。

（本論は『すばる』令和二年（二〇二〇）九月号に発表した拙論を増補したものである）

生き延びていくために

金原ひとみ「アンソーシャル　ディスタンス」と「腹を空かせた勇者ども」

飯田祐子

二〇二〇年は、新型コロナウィルスによって何もかもが変化した年だった。私的な空間から公的な空間まで、家庭も学校も職場も、ありとあらゆる場所に「新しい生活様式」が用いられることになった。ウィルスやそれによる病状自体が人にとって新しいものだったわけだが、この生活の新しさも（というより、の方が）衝撃的といってよいほどだったのではないだろうか。感染を防止するための衛生的な対策として、手洗いやうがいや消毒といった個人の心がけやふるまいにとどまらず、人と人との身体の接触や、吐いた息までをも遠ざけることが推奨されるようになるとは、これまでに想像したことがなかった。今では、外を歩く全ての人がマスクをしている光景が当たり前になっている。話している人の表情全体を見て話したければ、

Ｚｏｏｍでも使うより他はない。私たちは、突然、「新しい生活様式」に放り込まれてしまった。

金原ひとみ「アンソーシャル　ディスタンス」[1]は、「新しい生活様式」を象徴する「ソーシャルディスタンス」という言葉が一気に広がる中で書かれた作品である。この時期、文芸雑誌でも頻りにコロナの特集が組まれたが、その中の一つである『新潮』の「コロナ禍の時代の表現」という特集に執筆されたものだ。作品発表後のインタビュー[2]で、金原は「「ソーシャル」という言葉を使ってしまうと、それを守らない人が反社会的であるという感覚が刷り込まれてしまう」と指摘し、この題名を選んだと語っている。また、「コロナとは無関係な自分自身の問題に精一杯になっていて、他人のことを考える余裕など持ち合わせていない、エイリアンのような生き方をしている普通の女の子」を主人公にしたことについて、「子どもや仕事といった「守るもの」がない人や、破滅的な人の実感を表現したかった」という。なぜなら「今の段階で政府や専門家が発信するメッセージは、みんなが健康に生きるためのもの」であり「その価値観の中では、そこからこぼれ落ちる人たちの存在は完全に無視され」ているからだと、その意図を説明している。金原ひとみは、生きにくさを抱えた女性を主人公にした作品を発表し続けてきた作家である。本作でも、中心にある規範から逸脱した者の存在を可視化することで、コロナ禍における格差を問題化しようとしたといえるだろう。

津村記久子も、金原に通じる問題意識を示している。津村は『文學界』の「疫病と私たちの日常」という特集で、コロナ禍によって思い起こされた二〇〇九年の新型インフルエンザ流行時の記憶を語る。[3] 当時もマスクの品切れがおこり、電車に乗って通勤していた津村は「朝からマスクを買い求めるリタイアした世代や平日に家に居られる人々は、「家族のために」と言いながら行列を作り、本当に生き生きとして見えた。激しい嫌悪感を抱いた」、「マスクを買えずに、通勤電車に乗っている自分たちは炭坑のカナリアだ、とその時に思った」という。ここにおける格差は、経済的なものではない。線引きは、仕事に行かねばならない者とそうではない者の間に引かれているようだが、経済的な面では仕事のある者の方がむしろ有利なはずだ。日常的には、仕事のない者の方が弱者である。ところがそれが転倒する。重要なのは、そこに「家族のために」というフレーズが入り込んでいることである。つまり格差として語られているのは、仕事の有無そのものなのではなく、「マスクを買う」というケアに類する仕事を担う人を含んで関係がつくられている人々と、そうではない人々という問題である。依存可能な関係の有無の差が格差として前景化しているといえるだろう。その理由を考えるのは、難しくはない。病に罹患すると、個人としての自立性を維持することが難しくなり、依存関係が必要になるからだ。それゆえ疫病の流行は、「家族」についての語りを増殖させる。人が弱る非常時に依存できる関係があるかないかという問題が、文字通り死活問題として浮かび上がるなかで、「家族」という単位で安全が語られるようになる。

さて、金原ひとみ「アンソーシャル　ディスタンス」に戻ると、生きにくい少女を主人公とするこの小説は、「家族」という問題への棘を含みつつ、支え合いについて語る小説であるといえる。

冒頭は、大学生の沙南が、「堕胎手術」後のベッドの上で過去の自殺願望を思い起こすシーンから始まる。沙南が付き合っているのはゼミの一年先輩の幸希で、二人は「弱々しすぎて、お互いに心配し合って、支え合っている」関係にあるが、幸希は卒業間近、沙南はもうすぐ四年生で就活中という学生で、妊娠した子供を産むという選択肢は二人の間になかった。沙南には親がいるが全く描かれておらずかなり希薄な関係と思われる。幸希の方は、母親が社会規範を重視するタイプで、沙南との関係に否定的であり、息子に対して非常に抑圧的な存在として描かれている。コロナ禍のために、母親は常にも増して二人が会うことに反対しているが、二人はそれを無視して会い続けている。

親に支えられていない二人の物語は、題名どおりアンソーシャルな方向へと展開していく。二人にとって最も大きなダメージを与えた出来事は、コロナではなく「堕胎」である。予定していたライブが中止になってはじめてコロナが身近な問題となるが、自粛どころか、二人は憂さを晴らすべく、幸希が就職祝いに祖父からもらった一〇万円で旅行に行くことにする。しかも、相談の最中のＬＩＮＥに沙南が書き込んだ「この旅行で心中でもしない?」という、重いのか軽いのか、本気なのか冗談なのかわからない誘いに、幸希が「いいかもね」と答えて、旅行の目的は「心中」ということになる。そして旅行中は、セックスという身体的距離のない行為に耽るのである。ロックダウン間近かという状況のなかで、二人は、それに逆らうように密な関係を深めていく。

さてしかしながら、感染拡大に直結するかどうかという点からみれば、二人の振る舞いはアンソーシャルなものではないように思われる。たとえば、互いの家を行き来してはいるものの、多人数の集まりに参加しているわけではない。旅行にはレンタカーを借りて移動しており、公共交通機関を利用してもいない。二人の間で性行為を行ってはいるが、特定の相手との関係であって、一般的な家族などの共同生活と危険性は変わらない。金原自身は、「抑圧に反発したい気持ち」があったというが、(4)二人の行為はその見せかけとは異なって、実質的にはたいしてアンソーシャルなものでもないのではないだろうか。実のところ、二人に生じているのは、コクーン化とでもいうべき事態である。

支え合っているという二人だが、その関係性を整理してみると、二人の間にはかなりの差異がある。たとえば互いや二人の関係性に対する評価が、まったく異なっている。沙南は幸希を「自分の意見を拒絶されたり否定されたりすると反論もせず、この人は分かってくれない、と自分の殻に閉じこもる」と説明し、自分もまたその殻から彼を引っ張り出せないという。しかし幸希の方は、「社会からも世間からも外れたところで生きている沙南が、生きやすさを与えてくれた」と感じている。幸希の方は、他にはない結びつきを実感しているわけで、沙南の評価とは正反対といってもよい。死に対する態度もまた異なる。この差異は幸希によって言語化されていて、「沙南にとって死は絶対的なものだけれど、俺にとって死は選んでもいいし選ばなくてもいい相対的なものでしかない」と語られている。「幼いころからずっと希死念慮がある」沙南にとって、死とは自殺や「堕胎」など自らの内側で明瞭に経験されているものだ。一方の幸希にとっては、沙南との「心中」が唯一の死に近づく経験であり、沙南の提案に乗ったのも彼女を喜ばせようとしたためというように、あくまでも二人で経験するものとなっている。コロナの受け止め方も、全く違う。沙南は「コロナは世間に似ている。人の気持ちなんてお構いなしで、自分の目的のために強大な力で他を圧倒する。免疫や抗体を持った者だけ生存を許し、それを身に付けられない人を厳しく排除していく」と語り、コロナに生政治的な排除の構造を読み取る批評性を有している。沙南はコロナに世間の力学をみる。規範から外れた場所で生きている感覚が映し出す光景といえる。そして「何があっても死ぬことなんか考えないようなガサツで図太いコロナみたいな奴になって、ワクチンで絶滅させられたい」と自らの生死の形を理解する比喩として、コロナに自らを寄せていく。一方の幸希は、「まあ多分罹っても死にはしないだろうくらいに考えていたコロナは、ロックダウンの可能性が出始めたことで初めて実感できるストレスとなった」という程度でコロナの暴力性には無頓着であり、さらには「母親が死んだらうちで二人で暮らそう。それで結婚して、レトリーバーを飼おう」というように、母親との関係の清算を夢見る。両者は、あまりにも異なっていて、何が二人を近づけているのか、理解しにくいほどである。

しかしコロナは、そうした差異のある二人を周囲から切断し、コクーンをつくり出す。幸希の殻の中で沙南の希死念慮が醸成されるようでもあるが、「心中」について語りあうことで徐々に二人は死から遠ざかる。興味深いのは、沙南は生まれなかった子供とともに家族となる自分達を想像し、幸希は母の死後の二人が家族となることを想像して「幸福」を感じることだ。コクーンは「家族」の幻想で満たされていくのである。

親という「家族」への距離が、コロナを契機にして最後には別の形で作り直されていく。コロナと「家族」の接続を最終的には再生産している小説ということになるだろうか。沙南の妊娠はコロナとは関係がないが、ステイホーム期間に若者の間で妊娠が増加したという報道(5)を思い起こさせる。しかし、ここでは女性に対する暴力という問題に接続することなく、妊娠は沙南が自殺を思いとどまる契機として描かれる。一見アンソーシャルな振る舞いを示しながらも、コロナによって人が「家族」というナラティブに引き寄せられていく方向性に逆らいはしない。それが一つの足場になるならそれでもよい、生き延びていくことが最優先なのだということだろうか。

金原ひとみは、二〇二一年に入ってコロナを扱った小説をもう一つ発表している。「腹を空かせた勇者ども(6)」である。この小説は女子高校生を主人公としているが、「アンソーシャルディスタンス」とは違って、「家族」ではない連帯が描かれている。

主人公は玲奈という女性高校生で、同じ学校の友人ミナミやヨリヨリ、コンビニで知り合った中国人の留学生イーイーなどとともに、コロナのある世界を生きている。この小説でも親との家族関係には、罅が入っている。玲奈の母は父公認で不倫しており、ミナミの父にも恋人がいるらしい。ヨリヨリも親には「クサクサ」した感情を持っていて、関係がよいとはいえない。

コロナの影響は、前作と違って、様々な箇所に描き込まれている。コクーンのない彼女たちは、コロナのある状況から逃れることはできない。バスケットの都大会は中止、ライブは無観客配信に。アメリカにいるミナミの父はリストラにあい、私立高校の学費の工面が難しくなる。イーイーにはコロナで父を失った友人がいる。玲奈は祖父母に会えない。罹患者への差別、日本における中国人への差別、ヨーロッパにおけるアジア人への差別。コロナが引き起こした社会的経済的な問題は、対応する術をもたない者に容赦なく押し寄せるのである。

こうした社会状況を背景に、物語のなかでおきる出来事は二つある。一つ目は、玲奈の母の恋人がコロナ陽性になり濃厚接触者として玲奈の母に、そして玲奈にも影響が及ぶという出来事だ。玲奈も感染していたら、バスケ部の仲間も濃厚接触者になり、次に参加する予定の大会への出場が危ぶまれるという事態に陥り、玲奈と母親の関係はいっそう悪化する。しかし二つ目の出来事が、それを修復していくことになる。ヨリヨリとミナミが家出をし、それを聞いた玲奈が、感染の可能性があって外出できない自分の代わりにイーイーに援助を求めるのだが、帰路の途中でヨリヨリの母親に会いイーイーが誘拐したという疑いをかけられてしまうという出来事がおこる。玲奈は、咄嗟に母親に助けを求める。結果としては、母が手助けする前に誤解は解けていたということになるのだが、玲奈は母との繋がりを修復し、母の方もまた玲奈に大切な仲間との関係があることを理解するという、穏やかな結末を迎えることになる。母の理解によって強調されるのは、後者の方である。ＰＣＲ検査の結果が陰性で久しぶりに高校に登校した玲奈に、冷ややかな反応をする上級生もいるが、彼女の仲間は再会を真っ直ぐに喜んで迎え入れる。親との関係という「家族」の物語を絡ませながらも、玲奈とその仲間たちは、困難をともに経験していく「腹を空かせた勇者ども」であり、彼女たちの連帯が鮮やかに浮かびあがる青春小説となっている。

コロナによってもたらされた生活を生き延びていくには、支え合う関係が必要である。「家族」はその一つの選択肢であるが、それしかないというわけではない。金原ひとみは、「アンソーシャル　ディスタンス」と「腹を空かせた勇者ども」という二つの小説で、コロナ禍のただ中で、「家族」のナラティブに近づいたり離れたりしながら、若い彼女たちが誰かと支え合って生き延びていく様を語る。人と人が触れ合うことが忌避される新しい社会には、人と人の繋がりを構成するナラティブが必要なのである。

二〇二一年二月）

注

（1）金原ひとみ「アンソーシャル　ディスタンス」（『新潮』二〇二〇年六月）

（2）千葉雄登「金原ひとみが描いたソーシャルディスタンス保たぬ男女の恋愛。「死にたい」気持ちに向き合ってきた彼女が伝える、もう1つの切実さ」（BuzzFeed Japan、二〇二〇年五月二六日、https://www.buzzfeed.com/jp/yutochiba/anti-social-distance）

（3）津村記久子「感染拡大下の電車通勤について」（『文學界』二〇二〇年七月）

（4）金原ひとみ・燃え殻「「不要不急の世界」でひっそりと叫びたいこと」（現代ビジネス、二〇二〇年一一月八日、https://gendai.ismedia.jp/articles/-/76600?page=7）

（5）「休校中「妊娠かも」、１０代の相談増　支援のNPO「性交渉の機会、増えた可能性」」（『朝日新聞』夕刊、二〇二〇年六月二日）

（6）金原ひとみ「腹を空かせた勇者ども」（『文藝』

俳句と疫病——コレラとコロナウイルスの句を読む

藤田　祐史

はじめに

令和二年（二〇二〇）二月六日、毎日新聞の「余録」に約百年前の俳句が引用された。まずはその記事を引いてみよう。

昭和初めに季語のない新興俳句を主導した俳人、日野草城（ひの・そうじょう）に「月明や沖にかゝれるコレラ船（せん）」がある。これも無季かと思えばさにあらず、船内で感染者が出て沖止めされた船——「コレラ船」が夏の季語である▲季節の風物とみるのもどうかと思うが、昔はコレラによる船舶の沖止めがひんぱんにあったようだ。年配の方なら、一九六〇年代のエルトール型コレラの流行により日本の港で内外の船が何隻か沖止めされた騒ぎを覚えておられよう▲感染症による船の沖止めとしては、それ以来の騒ぎだろう。乗員乗客数なんと三七一一人、横浜港大黒ふ頭沖に停泊している豪華クルーズ船で新型コロナウイルスの感染者一〇人が見つかったという。感染者は陸上の病院に搬送された〔後略、数字の表記法は引用者によって変更〕

疫病を抑えるための沖止めという事象から思い起こされたこの俳句は、日野草城の代表句ではない。これまでに書かれた草城の伝記や評論でも看過されてきた句であるが、類似の状況が百年ほど前につくられた俳句を呼びもどしたのである。

歳時記を広げるとコレラは夏（晩夏）の「人事」あるいは「生活」の部に分類されており、コレラ船はその子季語として収載されている。『図説俳句大歳時記』（角川書店、一九七三年）のコレラの前後には同じ夏の季語として、赤痢、瘧《ぎやく》（おこり・マラリア）等が並ぶが、これらの季語の例句は五句に満たない（赤痢：四句、瘧：一句）。比してコレラには先に挙げた草城の句を含む一二句が示されており、この疫病が季節ごとに巡り来る病として日本に根づいていたことがわかる。

本章は新型コロナウイルス感染症の流行している現在（令和三年一月）の時点から、明治以降のコレラに関する俳句を読みなおし、俳句と疫病の関係についての理解を深める試みである。俳句という文芸はどのように疫病のような厄災と関わり得るのか。また、過去につくられたコレラの俳句から何を学び、現在のコロナウイルスに関する俳句と接続し得るのか。

俳句と疫病の関係についての総合的な先行論はまだないものの、令和二年に出版された俳句の総合誌には幾人かの俳人が現況との対照として、過去の疫病に関する句についての随想を寄せている（例えば、宇多喜代子「移りゆく日本の暮らし 第一一回 厄介至極の感染症」『俳句αあるふぁ』秋号、栗林浩「パンデミックと俳句」『俳壇』一〇月号）。なかでも『俳句』八月号に掲載された白濱一羊の「続・コロナウイルスと俳句～どう詠み、どう残すか」は当時までにつくられた新型コロナウイルス感染症に関する俳句について、時系列を追いながら丁寧に分類している。東日本大震災のあとに無数の震災俳句がつくられ、過去の震災の句の想起と共に俳句が震災のような厄災とどのように関わり得るのかが問題になったわけだが、今回の「コロナ禍」にあっても同じような模索がはじまっている段階である。

本章では明治以降のコレラ流行と俳句の関係に焦点を当てる。コレラは俳句と時間をかけて関わってきた季語であり、現在の新型コロナウイルス感染症と俳句の関係を思索する際に一つの指標を提供してくれると期待するためである。また、本章では後半にコロナウイルスに関する俳句についても鑑賞している。これはコレラの俳句の分析から得た結論が現在の俳句のなかでどのように展開されているのか、過去と今の接続点を確かめるためである。

論の順序としては、以下のように進めたい。まず次節にて俳句とコレラの関係について概観から論じる。具体的には、歳時記掲載のコレラの句を引き、そこから学べることを明示する。次に第二節にて草城の「月明や沖にかゝれるコレラ船」の句を精読し、同句の現代的意義を提起する。第三節では前節までの考察を視座に、令和二年につくられたコロナウイルスに関する俳句、殊に四人の現役俳人の句を鑑賞する。

浦々に冬のコレラの寒さかな　原月舟

右の近代俳句も、コレラをコロナに置き換えれば、現代に通じる「寒さ」を伝える句である。横浜港にダイヤモンド・プリンセス号が沖止めされてからほぼ一年が経過し、さりながら「新しい生活様式」は十分に確立できず、各々が各々の「寒さ」を感じているのが今冬の現状であろう。本章が扱うのは俳句という限定した領分であるが、この小さな文芸様式がいかに疫病と関わり得るのかを追究することで、これからを生きる私たちが学べることをささやかながらでも言語化してみたい。

一　俳句とコレラ

月明や沖にかゝれるコレラ船　日野草城

日野草城（一九〇一－一九五六）の句である。この句が令和二年の毎日新聞に引用されたことは前節冒頭に述べたが、実はこの句は数年前既に、新聞紙上に引かれていた。平成二六年（二〇一四）八月七日の朝日新聞「天声人語」で、同句は当時の西アフリカにおけるエボラ出血熱の流行と日本の検疫体制を語るための前置きとして引用されていた。また、草城の句以外にも平成二九年（二〇一七）七月二七日の毎日新聞「余録」では、高浜虚子（一八七四-一九五九）の「コレラ船いつまで沖に繋《かか》り居る」、杉田久女（一八九〇-一九四六）の「コレラ怖《お》ぢ蚊帳吊りて喰ふ昼餉《ひるげ》かな」の句がイエメンでのコレラ流行の話題と共に引かれている。折に触れてコレラに関する俳句は思い起こされ、その時々の状況を思案する手がかりを提供してきたようである。

さて、コレラである。コレラ菌と言われるように細菌による感染症であり、日本でも江戸時代後期から致死率の高い疫病として広く人々に恐れられた。今でも多くの日本人がコレラと聞くだけで妙な気味の悪さを覚えるのではないか。では、この疫病は近代日本でどの程度流行し、俳句の季語になるまで定着したのか。ごく一部の提示になるが、下川耿史編『明治・大正家庭史年表』（河出書房新社、二〇〇〇年）を参考に明治期の流行を整理してみよう。なお、年月や人数の表記法は引用者によって一部変更している。

明治九年（一八七六）九月　大阪で初めてコレラ流行、患者一六一八人、死者一二一七人。
明治一〇年（一八七七）八月　長崎でコレラ発生。九月、西南の役の帰還兵によって大阪、京都へと広がり、九月一四日東京へ侵入、さらに全国で大流行。全国の患者一万三七一〇人、死者七九七六人。

明治一二年（一八七九）三月一四日　松山にコレラ発生、六月、神戸港から大阪に広がり、以後、全国にまん延。〔…〕一二月二七日　この日までの患者の総数は一六万八三一四人、うち死亡一〇万一三六四人。

明治一五年（一八八二）五月二九日　東京・芝、神田にコレラ発生。晩秋にかけ全国で流行。〔…〕全国の患者五万一六一八人、死者三万三七八四人。

明治一八年（一八八五）七月　長崎市で、盂蘭盆の墓参りの暴飲暴食が誘因でコレラが大流行。〔…〕この年、全国のコレラ患者は一万三三七二人、死者九三一〇人。

明治一九年（一八八六）五月、長崎で前年からのコレラが再び流行、夏、大阪、東京に侵入、さらに青森、北海道へと広がり、一二月になって終息。全国の患者は一五万五九二三人、うち死亡一〇万八四〇五人。


このようにコレラは夏の頃までに日本のどこかの港町で発生し、各地で隆盛を極めるという惨劇を反復している。明治一九年以降のコレラによる患者や死者の人数は、治療法の確立や衛生環境の整備によって確実に減っていくわけだが、それでも夏になると感染拡大への不安は人々の間で囁かれつづけた。

先に引いた三つの俳句と関係づけてみると、虚子の「コレラ船いつまで沖に繋り居る」は大正三年（一九一四）七月、虚子庵での例会における「コレラ」を題につくられた一〇句中の一句である。大正三年にコレラの目立った流行はなかったようであるから、当時四〇歳の虚子は過去の記憶から前掲句とは別に「松原やコレラを焼きに船の人」、また、流行るとも流行らないともわからない懸念から「紫陽花にはやるともなきコレラかな」といった句をつくったのだろう。なお、この句会の二年後の大正五年（一九一六）には横浜入港のハワイ丸にてコレラが再び発生し、全国で七四八二人の死者を出している。

次に久女の「コレラ怖ぢ蚊帳吊りて喰ふ昼餉かな」は大正七年（一九一八）の『ホトトギス』八月号「台所雑詠」に元句が掲載されている。この一年前の長崎ではコレラが流行、ペスト発生の報告もあり、久女に限らず多くの人が疫病の流行には敏感になっていたと思われる。新型コロナウイルス感染症の参照対象として注目されている「スペイン風邪」の流行が日本ではじまったのも大正七年からである。久女の句は蚊帳でコレラから身を守ろうとする点に今の私たちからするとユーモアさえ感じられるのだが、当人たちにとっては大真面目な疫病の予防であったのだろう。

そして、草城の「月明や沖にかゝれるコレラ船」。この句については次節で詳述するが、制作年は大正の末年頃と推測される。同句は昭和二年発行の『草城句集（花氷）』に収載。数年前の大正一一年（一九二二）九月には上海から福岡市に入ったコレラが流行し、全国で一一一人が亡くなっている。

それでは、こうしたコレラに関する俳句から私たちは何を学び得るのか。

歴代の歳時記には既に挙げた句のほかに数多くのコレラを季語とする例句が掲載されている。管見の限り最も例句を引いているのは『図説俳句大歳時記』で、一二句を提示している。(1)「考証」の箇所を含めて、まずはそれを並べてみよう。

コレラ〔晩夏〕　虎列剌　ころり　コレラ船

考証『新修歳時記』に、「浦人やコレラを焼きに松三里　柴浅茅」を所出。

コレラの家を出し人こちに来りけり　高浜虚子

一家族格列拉を避けし苫屋かな　尾崎紅葉

白砂青松浦ありコレラなかりけり　松根東洋城

幾人のコレラ焼きしや老はつる　村上鬼城

コレラ出て佃祭も終りけり　松本たかし

コレラ怖ぢ蚊帳吊りて喰ふ昼餉かな　杉田久女

コレラ禍の西へ夜行の抱寝の母子　伊丹三樹彦

海中に浮ぶ玉葱コレラ滅ぶ　北村研二

日覆してコロリの船のおそろしさ　萩原麦草

舷梯をあげてかかりぬコレラ船　本田一杉
月明や沖にかゝれるコレラ船　日野草城
誰にでも見らる遠くのコレラ船　栗山宗太

以上の句を読み、どのような感想を抱かれるだろうか。俳句をつくる人であれば、コレラという季語で名句をつくるのは難しそうだなという率直な思いだろうか。注を加えると、「考証」に書かれている『新修歳時記』は明治四二年（一九〇九）から四四年にかけて編纂された歳時記であるから、この頃からコレラが夏の季語として定着をはじめたことがわかる。例句のなかでは尾崎紅葉（一八六八―一九〇三）の「一家族格列拉《コレラ》を避けし苫屋かな」が最も古く、明治三六年（一九〇三）発行の『俳諧新潮』（冨山房）に出ている。

例句の字面を眺めると、「幾人のコレラ焼きしや老はつる」の句の「焼」の字が死の可視化されにくい現代との違いを強調する一方、「コレラ禍」のような現代の「コロナ禍」ということばの先駆けも目を引く。また、「かかりぬ」「かゝれる」は、前出の「コレラ船いつまで沖にかゝり居る（虚子）」もそうであるが、病に「罹る」がかけてあるのだろう。また、「浦」「海」「船」「沖」という字も目立ち、この病が海外からもたらされる近代の産物であったことが窺われる。

さて、コレラということばの持つ気味の悪さや当時の感覚を伝える文学と聞くと、北原白秋（一八八五－一九四二）の詩集『思ひ出』（一九一一年）に収められた抒情詩を思い浮かべる人もいよう。例えば「夕日」という小品は、次のようにはじまる。

赤い夕日、――
まるで葡萄酒のやうに。
漁師原に鶏頭が咲き、
街《まち》には虎剌拉《コレラ》が流行《はや》つてゐる。

夕日は言わずもがな、秋の季語でもある真紅の鶏頭、そして葡萄酒の鮮やかな「赤」のイメージに導かれてコレラが満たす街の空気感が醸し出されている。こうした詩の伝えるコレラと比較すると、歳時記から引いた例句は複雑な情緒を伝えていないように映る。どの句も一見報告のようで、読みどころを見つけるのに困るわけだが、いったいこうした句から何を学べるのか。糸口として、立川談慶『安政五年、江戸パンデミック。』（ソニー・ミュージックエンタテイメント、二〇二〇年）から次のような言を引いてみよう。

高浜虚子の句には「コレラ船　いつまで沖に繋り居る」というのがあります。あの怖いはずの疫病の代表格であるコレラとそれに感染した人々を収容するコレラ船を、夏の風物詩としてすら受け止めてしまうなんて、ここにも江戸っ子由来の日本人のおおらかさがあふれているような感じがしませんでしょうか。市井の人々は、港に所在なさげに停泊していたであろうコレラ船を遠巻きに見る度に、「ああ、今年も夏が来たなあ」という季節の到来を噛みしめていたんでしょうなあ。

立川は疫病を「季」とする態度を称賛する。言いかえるなら、コレラを非日常ではなく、季節をあらわす日常の一景として捉える態度を肯定する。確かに俳句にとって疫病は歳時記の一項目であり、季節をあらわす現象として他の季語と並列的に扱われている。無論、例えば虚子の別の句「コレラの家を出し人こちに来りけり」を、当時のコレラへの恐怖心を共有する人々が読む際には、単に季節の風物以上の意がそこに感じられたであろう。しかし、現在の私たちが歳時記に掲載されているコレラの俳句から学べるのはまず、立川が指摘するような疫病を「季」として把握する認知のあり方ではないか。

日常の景として、一つの季語としてコレラと関係すること。それでは、果たして以上が俳句とコレラの関わり方であろうか。また、現在の新型コロナウイルス感染症は今のところ季語ではなく、春夏秋冬私たちの生活に影響を与えている。こうしたコロナウイルスと向き合うのに、コレラに関する俳句からさらに何を学べるのか。

二 「月明や沖にかゝれるコレラ船」を読む

前節では俳句がコレラを巡り来る「季」として捉えてきたことを確認した。本節では草城の「月明や」の句を精読していく。

先にこの何度も出てきたコレラ船という事象について簡略ではあるが説明を加えておこう。近代日本では疫病の流行地から来訪する船に対して、一定期間の停泊を命じる検疫措置が順次整備された。内海孝『感染症の近代史』（山川出版社、二〇一六年）によると「検疫」という知見自体は文久二年（一八六二）には日本に伝わっており、その後治外法権の問題とも闘いながら法として「海港コレラ病予防規則」（明治一二年）、「海港検疫法」（明治三二年）が実施される。海港検疫所も明治三二年（一八九九）時点では横浜、神戸、長崎のみであったが、明治三三年（一九〇〇）に門司港、大正一〇年（一九二一）に大阪港などが加わる。「門司を去るコレラの船のなが汽笛　久保晴」という句がのこるように、コレラ船は日本の主要な港において見られる現象となった。なお、小説家の木山捷平（一九〇四–一九六八）に引揚船での騒動を書いた「コレラ船」という短篇があるように、人によってはコレラ船と聞くと、昭和戦後間もない頃の出来事を思い浮かべる人もいるかもしれない。が、草城が見ているのは大正末年以前の晩夏から秋にかけての光景である。

それでは「月明や沖にかゝれるコレラ船」の句を鑑賞してみよう。一見するとこの句も写生の句であり、コレラ船を晩夏の季語とし、月夜の海に沖止めになっている船を季節の風物として認知する句と読むことができる。「月明」は「月」の子季語で秋の季語としても使われることばであるから、この句を読む人は「月明」とまず読んで秋の清かな月明りを想像する。それが終局に体言止めのかたちでコレラ船があらわれ、月との取り合わせとして意外かつ強烈な印象をもたらす、と読むのが定評となろうか。あるいは、当時のコレラの脅威を思えば、この「月明」は凄絶な妖しい光にも変じる。草城が大変な潔癖症で疫病を怖れていたことは復本一郎『日野草城 俳句を変えた男』（角川学芸出版、二〇〇五年）に詳しい。そのことを思い出すなら、この句は単純な景の共有ではなく、作者の深い憂惧をもまた伝える句となる。そうした俳句自体に書かれていない作者の事情を鑑賞に持ち込むことに賛否はあろうが、俳句は結社に代表されるように、まず「仲間」という関係内で積極的に読み合う詩である。よって同句を当時の草城の俳句仲間が読めば、日頃からの彼の病への不安を直ちに共有したことは想像できる。では、やはりこの句はコレラ船が主で、そのコレラ船から受ける恐怖心を鮮明にするために月明りが用意されていると読むのが正しいのであろうか。

ここで別の読みの可能性として、焦点を「月明」に移してみる。先述の通りこの句は「月明や」の上五でつくられており、俳句の読み手としては「ああ、月（月明）を季語とする句か」と思い読みはじめる。草城自身は同句を句集に入れる際「月」ではなく、夏の季語の「コレラ」の項に分類しているから、それに倣ってコレラ船を主として読むなら、この月の光は先述通りコレラの恐怖を演出する光になる。しかし、草城自身にこだわるのであれば、草城の他の俳句の月に託してきた思いも読み取るべきであろうし、コレラ船との取り合わせとして選んだ「月明」ということばに彼がどのような思いを託したのか、をさらに掘り下げたくもなる。では、彼の俳句における月には如何なる傾向があるのだろうか。

「月明や」の句の収められた彼の第一句集『花氷』のコレラに関する句はこの一句のみであるが、月に分類された句は四八句ある。当該の句に関連しそうな句を探してみると、まず船の出てくる句として「出航や忽ち騒ぐ月の潮」「船の名の月に読まるゝ港かな」のような句が目につき、コレラ船の俳句との関係は不明だが、月明りのなかで船を見たという経験は事実としてあったことが推定される。『花氷』を世に出す三年前の大正一三年（一九二四）に草城は大阪海上火災保険での勤務をはじめているから、「船」に関する句にはその影響もあるだろうか。船以外に措辞として、「月明や」を上五に置く句としては「月明や歩歩に句を得つ渚まで」「月明や心にかゝることもなく」があり、コレラ船の句のような不安を導く月とは異なる、穏やかな月の光がそこにはある。さらに「君を想ふ月夜の芝に佇みて」「月光《つきかげ》も心の疵にしむ夜かな」となると写生ではない感傷的な月の光も顔を出し、様々な思いを月に寄せてきた若き草城の心理が照らし出されてくる。

それでは結局、コレラ船の句の「月明」はどのような月の光なのか。ここで参考にしたいのが、大正一一年（一九二二）大学生の草城が恋人に寄せてつくったとされる句である。伊丹啓子『日野草城伝』（沖積舎、二〇〇〇年）から引くと。

月光にたちまち癒えよ汝が宿痾

同句には「病みて久しき人に寄す」と前書きがあり、「宿痾《しゅくあ》」とは長年癒えぬ病のことであるから、ここでの「月明」は病身の恋人を治癒する光であり、またそうあってほしいという願いが託されている。無論、草城の月の句がどれもこうした病を癒す祈りに満ちているわけではない。しかしながら。

天の月地に病めるわれ相対ふ

戦後の第六句集『旦暮』（一九四九年）でもこのように月と病を取り合わせた俳人を偲ぶに、コレラ船の句を単に恐怖心を増幅する禍々しい月明りとしてのみ読むのも偏狭な解に思えてくる。

月明や沖にかゝれるコレラ船

この句が、月明りの海に停泊するコレラ船を写生した句かどうかは不明である。「や」は切れ字であるから、草城が「月明」と「コレラ船」を同時に経験していなくても構うまい。海上に浮かぶコレラ船から受けた印象を俳句にするとき、彼はそれとの取り合わせとして「月明」ということばを選択した。あるいは、「月明」という季語を思索・体感するなかで、いつか見た洋上のコレラ船を想起した。そして、その取り合わせの決定には「月明」に照らされることによる回復の祈願が働いていたのではないか。同句にコレラ霧散の祈祷を読み解くのは推測の域を出る話ではないのだが、一つの読みの可能性として提示したい。

さて、右の解釈の正解有無が本節のねらいではなかった。コレラ船ではなく、「月明」に焦点を当てなおしてこそ同句は現代的意義を帯びてくる、という提起こそが肝要となる。もしコレラ船が季語であれば、このことばの持つ不気味な力に引かれて、「月明」は作者の怯えを伝える手段に留まる。しかし、「月明」という季語とコレラ船という実景の響き合いを感受するなら、この俳句は現在のコロナウイルスに対して俳句と共に向き合うための手がかりを提供してくれる。すなわち、前節に見たような「季」として疫病を扱う作法とは別に、俳句の要である季語を媒介にして疫病と関わらんとする姿勢を学び得る。そして、そうした作法は実際、現代の俳人たちの事績にも通底しているのである。

それでは、令和の俳人たちはどのように新型コロナウイルス感染症と向き合っているのか。季語によって疫病と関わるという流儀の範として草城の句を再評価するためにも、次節では令和二年（二〇二〇）につくられた俳句について検討したい。

三　俳句と新型コロナウイルス感染症

俳句と新型コロナウイルス感染症の全体像については、「はじめに」に挙げた白濱一羊の「続・コロナウィルスと俳句～どう詠み、どう残すか」に既に紹介されている。白濱はそこで、俳句総合誌『俳句』におけるコロナウイルスに関する句を時系列でまとめただけでなく、「①新型コロナウイルスを直接的に詠んだ句〔例：花筏コロナウイルス乗せて来る　安西篤〕」「②新型コロナウイルスを想起させる言葉を詠み込んだ句〔例：社会的距離たんぽぽと私の距離　神野紗希〕」「③新型コロナウイルスとは無関係とも読めるが、句全体から関連句と判断される句〔例：バフォメットめく夜桜や人出ぬ首都　関悦史〕」に分類し、さらに「どう作るかと同時にどう残すかも課題となろう」と問題提起している。こうした白濱の論に対して、本節ではコレラに関する句の分析を通して見出してきた結論が、コロナウイルスに関する句とどのように接続できるのか、という視点から選んだ四人の俳人の仕事に限定して追究したい。季語を通して疫病と関わるとは具体的にどのような実践を指すのか。

一人目は中原道夫（一九五一－）。「疫病禍《えやみくわ》」と題した二一句を『俳句』四月号に発表している。三句を引くと〔ルビは引用者〕。

マスクせぬ春あけぼのの早出なる
咳すれば彼方此方の目を集《あつ》む
鬱々と春月をあぐ大廈船《だいかせん》

マスクは大正期の「スペイン風邪」の流行以降に定着し、冬の季語となって「黒の白の淡紅《とき》いろのマスク登校す」(篠原梵)のような現在にも通じる俳句がつくられてきた。(2) 右の「マスクせぬ」の句では「春あけぼの」が季語であるからマスクはただの物象であり、季語としての役割の終末宣言のようにも映る。また、「咳すれば」の句は「咳」が冬の季語であるが、かつて肺を病んだ俳人がつくった咳の俳句、例えば川端茅舎(一八九七ー一九四一)の「わが咳や塔の五重をとびこゆる」と比べると趣きを異にし、やはり現況が季語に影響を与えている。こうしたマスクや咳といった既存の季語の変容という問題も現在の句を読む際に注目すべき点である。が、本節の目的として、現代の俳句が季語をいかに用いて疫病と関わっているかの究明に絞ろう。

「鬱々と春月をあぐ大廈船」の句を鑑賞してみる。大廈船には「大廈とはホテルのこと」と注が付けられており、横浜港に停泊していた船舶を読み手に思い出してもらうことが想定されている。この句の季語は「春月」であり、草城のコレラ船の上の皓皓たる月と異なり、朧なる月が配置されている。「あぐ」は位置を高くするという程度の意味か。読者はこの朧なる「春月」の高さに、洋上の船の存在ゆえに気がつく。見上げるような巨大船であり、その視線の先にありやなしやの春の月が来るのである。未知の疫病に直面したばかりの時期の俳句であり、当時の不明瞭かつ悶々たる思いを「春月」という季語が受け止めている。これは全てを明瞭にするような秋の「月」では受け止められない情景であろう。

二人目は、高橋睦郎（一九三七－）。『俳句αあるふぁ』夏号に「のぺらぼう」の題で一〇句を発表している。やはり三句を引くと。

コロナ憂しヰルス怖ろし霾晦《よなぐもり》
ヰルスをば居留守に使へ春籠り
春晝のコロナ目潰し煤眼鏡

「ヰルス」という表記について高橋は「旧仮名でヰルスと表記すれば居留守に通い、更なる実体把握困難の表現ともなる。肉眼で見るのが憚られる太陽光の強烈さを表すコロナを加えれば、その不安感・恐怖感は将に目潰しの域」と説明を加えている。現在コロナウイルスと俳句を関係づけるに当たって多くの俳人たちがまずその表記方法に苦心している。近刊の俳句雑誌数冊に目を通しただけでも、コロナ、コロナウイルス、ういるす、と数種の表記が見られる。近世の小林一茶の天然痘に関する句に、「疫病神蚤も負せて流しけり」という「えやみがみ」と読ませる句があるが、先の中原の表題「疫病禍」もそうした伝統に倣ったものであろう。こうした苦心はコレラに対し「コロリ」「虎狼狸」「虎列拉」と様々な表記が試作されてきたことを連想させる。「コロナ」と書いて納得するのではなく、各自にとってふさわしい対象の把握が探究されているわけである。宇多喜代子の「ペスト黒死病コレラは虎列剌コロナは何と」（『俳句』八月号）という表記の厄介さ自体を俳句にした例も加えておこう。

「コロナ憂しヰルス怖ろし霾晦」を鑑賞してみる。霾晦は「よなぐもり」で、これは多くの歳時記に「霾《つちふる》」として出ている春の季語である。黄砂によって視界が悪い春の日を思い浮かべればよい。疫病と文学の関係を考える場合、いかに文学が見えないものを可視化してきたのか、が問題になるわけだが、高橋はその「不可視」自体を俳句として表現している。そして、その不可視性ゆえの不安を「霾晦」という季語が受け止めている。

三人目は、栗田やすし（一九三七―）。『俳句』八月号に「金魚の水」と題した十句を発表している。

夏に入る自粛つづきの無精髭
閉ざされしままの校門麦の秋
なすことも無くて金魚の水替ふる

栗田の思いは、未知の状況を前にしながらも地に足のついた「即物具象」の俳句として結実している。これらの句がつくられた初夏の頃には、新聞や俳句総合誌の投句欄でも「リモート」「ステイホーム」「アクリル板」といった、これまで俳句では使われなかったことばが多用されはじめていた。栗田もまた「自粛」と用いているが、栗田の句が報告・情報ではなく、俳句として疫病と向き合っていると感じられるのはなぜだろう。

「閉ざされしままの校門麦の秋」の句を鑑賞してみる。やはり季語に注目するのだが、この句が報告・情報ではないと感じられるのは「麦の秋」という初夏の季語が生きているためである。「閉ざされしままの校門」は令和二年の晩春から初夏にかけて、多くの人が目にした光景であろう。そこに「麦の秋」という麦の刈入時の爽やかさを含む季語が来ることに同句の妙がある。子供たちが本来学ぶ場所がしんと静まっている。そこに、その寂しさを増進させる季語を付けるのであれば単純である。が、梅雨前の農家の人々の忙しさを背景にする麦の秋という季語を配置することで逆説的に景と「季」の双方が引き立つことになった。

なお、この句は「閉ざされしままの校門」を見て「麦の秋」という季語を技巧的に選択したと考えると魅力が薄れてしまう。やはり、「麦の秋」という季語を思うなかで、それを深く感じる景として「閉ざされしままの校門」に出会ったと考えるのが作句の手順から辿っても自然であろう。俳句が季語を通して疫病と関係するという視点から述べなおすなら、季語という視座を会得した俳人が外に向けてその感受性を発揮するとき、季語と響き合う今日の景を発見した例と言えよう。

四人目は、仁平勝（一九四九－）。『俳句』九月号に「デルボーの人（シュールな夏）」二一句を発表している。

透明に仕切られてゐる薄暑かな
端居して端居の人が来れば退く
客のゐないお化け屋敷の暑さかな

一、二句目を読むとソーシャル・ディスタンスということばが浮かぶが、仁平はそうした流りの語を使用せず、あくまでも季語と普段使いのことばを用いる。社会的事象を俳句が扱う際、作句の歴史的文脈が忘れられても通用する作品か、という普遍性の問題が語られやすい。ここまで紹介した中原、高橋、栗田の俳句は百年後に今の状況が忘却された後に読んでどこまで通用するのか今後の検証が必要となろうが、仁平の数句は今という文脈を離れても成立する力を示している。

「客のゐないお化け屋敷の暑さかな」の句を鑑賞してみよう。「暑さ」が夏の季語である。ここでの暑さは単に汗をかいて鬱陶しいという気温を伝えるだけでなく、心理状態の「暑さ」であろう。夏の暑い日にお化けを怖がることによって涼もうとするわけだが、そのお化け屋敷にお化けはいても生きている人間がいないのである。暑さと表裏一体の涼しさを感じる主体のいないお化け屋敷はただ暑いばかりである。

現況と対照すれば、この句に外出自粛で人がいないことや、あるいはコロナウイルスという目に見えないものとお化けとの相関性を探ることもできよう。しかし、そうした文脈から離れても同句は小気味よい俳味を含んだ良句として成立している。「暑さ」という季語が中心になって、衒いなく「無人」という事態の意味を問うことに成功している。

さて、四人の現役俳人の仕事を通し、季語を媒介にして新型コロナウイルス感染症と関わることの具体性を示そうとしたわけだが、得心が行く例はあっただろうか。「春月」「霾晦」「麦の秋」「暑さ」と春から夏へ、それぞれの季語が令和二年の日々を受け止めていた。ここにもう一人、ここまでの見解への想定される反論の代わりとして、無季の句を重んじるマブソン青眼（一九六八‐）の句を紹介しておこう。新型コロナウイルス感染症に実際に罹患した立場でつくられた俳句はまだ少なかろうが、彼は『俳壇』一〇月号に「コロナ感染と孤島在住で分かったこと」という随筆を寄せ、そこに次の三句を示した。

神を信じるしかない島よ崖しかない

わが胸の愛の力にコロナ死ね
ゴキブリが死んでいくわがコロナ治る

こうした句に対し、本章で主張してきた視座での読解を試みるなら、右の三句では三句目の「ゴキブリが死んでいくわがコロナ治る」が生き残り得る句と判断できる。作者は季語として用いたのではないとされるかもしれないが、「ゴキブリ」という鬱陶しいほどにしぶとい夏の季語（俳句では「油虫」として使用されやすい）の死が、「わがコロナ治る」という勝鬨と反響している。

それでは、なぜ季語がこれほど重要なのか。それは「春月」「霾晦」「麦の秋」「暑さ」「ゴキブリ」ということばはくり返し俳句に使用されてきた過去があるからで、俳句はそうした過去の句と対話をしながらつくられていく詩である。季語の背景には無数の感情や出来事が息づいている。「春月」はただの物体ではなく、日本語の歴史のなかで多様な意味を付与されてきたことばである。「春月」に関する句がつくられるとき、それは過去の「春月」の俳句と（希望としては俳句以外の日本語の歴程とも）連環し、「春月」ということばの道程の先端として評価されることになる。

そして、もしも或る「春月」の俳句が後世に残るとすれば、それは個の文脈を離れて歳時記に並列的に並べられる。そして、また次の時代の誰かが個の捨象された過去の句を読みながら、新しい「春月」を作句する。あるいは個を完全に捨象する必要はなく、結社独自の歳時記を用いれば俳句「仲間」

の思いが季語の向こうにあらわれるだろう。個人的な見解としては後者の進展に俳句の未来を思うのだが、どちらにせよ、このように過去を思って今と向き合い、今と向き合って過去を思うという往還こそが俳句という文芸の生命なのではないか。

本節では現代の俳人の実践例を引き、季語を通して疫病と向き合う姿を示してきた。「季語を通して」とは、対象となる季語、古人・仲間の思いとの飽くなき対話である。

おわりに

論をまとめる前に、ここまで言及してこなかった短歌というジャンルについても比較として簡単に触れておこう。

歌人の永田和宏（一九四七－）は釈撤宗との対話『コロナの時代をよむ』（NHK出版、二〇二〇年）において短歌と疫病の関係について次のように述べている。

めったに起こらないことは、時間の風化圧によって、記憶からすぐに薄れていくのが常である。このような事態に遭遇して、庶民がどのようにそれを受け止め、どのように対処してきたのか、その受け止め方の総体を記憶するものとして、私は、短歌こそがもっとも適したものだと考えるものである。

こうした永田の短歌観に私も賛同する。永田は同書で、釈からの「新型コロナウイルスに関する歌の投稿は多いのでしょうか」という質問に対し「多いですね。日本で感染が拡大して以降、全投稿歌の六割から七割くらいがコロナに関する歌です。これは新聞投稿歌に限ったことではありません」と短歌の総合誌、結社誌でもコロナに関する句が増えている旨の発言をしている。短歌と同様、俳句の新聞投句欄、俳句総合誌でも新型コロナウイルスに関する句は確実に増加している。だがその一方で、俳句の「六割から七割」がコロナウイルスに関する句になることはないだろうとも思う。社会的事象を俳句で扱うこと自体について本章では検討してこなかったが、所謂時事俳句を忌避する志向は根深い。「季」の文芸である俳句に対し、「情」の文芸である短歌では人の思いが主であろうから、今を生きて歌を詠む以上、コロナウイルスに関する歌を詠む機会は増加するだろう。それに対し俳句は「季」こそが主であるから、或る季語にふさわしい今があるなら疫病に関する句をつくればよい、ふさわしくないなら避ければよい、という態度になり得る。私も単純な報告・情報に終わるなら時事俳句は避けるべきという立場だが、前節に例示したように「季」に頼ることでコロナウイルスのある今は俳句になり得るのであり、多様な試みが出てくることを望む。

俳句という文芸はどのように疫病のような厄災と関わり得るのか、が本章の問いであった。まとめると第一節では、俳句はコレラという厄災に対して「季」の一つ、歳時記に散りばめられた人間が生きていくなかで関わる事象の一つとして向き合ってきたことを確かめた。第二節の日野草城の「月明や沖にかゝれるコレラ船」の精読では「コレラ船」ではなく「月明」を季語として読むことにより、同句が疫病との関わり方を教示する句に変じることを提起した。第三節では季語を通して疫病と関わるという作法について、現代の俳人の作品を鑑賞しながら理解を深めた。草城の「月明」という季語がコレラ船の停泊する景と作者の思いを受け止めていたのと同様に、今日の俳句も新型コロナウイルス流行下の景と思いを季語によって受け止めていた。

コロナウイルスの狂騒と一対一で向き合うのはしんどい。だからこそ、古人・仲間の宿る「季」と共に今を感受するという俳句の流儀で、この厄災と対峙してみるのはいかがだろうか。

注

（1）歳時記における「コレラ」の例句数は、『図説俳句大歳時記 夏』（角川書店、一九七三年）の一二句が多いことは本文で述べたが、以降その数は減少し、例えば『カラー図説日本大歳時記 夏』（講談社、一九八二年）で九句となる。このあたりの数の変遷は高橋悦男「季語になった外来語」（『早稲田社会学総合研究』第五巻第一号、二〇〇四年七月）に詳しい。高橋によると平成一二年（二〇〇〇）に前掲の歳時記を改訂した『新日本大歳時記』（講談社）では「コレラ」例句は二句にまで減少している。

なお、本文では「霍乱《かくらん》」という季語に触れていないが、歳時記にはこの語の説明に「今の病気で言えば、食中毒や、コレラ・チフスなどの伝染病、さらに日射病の重いものなどが、まじっていたのだろう」（『図説俳句大歳時記』）とある。「霍乱」にコレラも含まれていたと読めるが、幾つかの例句を読むに現在の熱中症の症状で使われている事例が多く、確実にコレラに関する俳句と断定できる句は見つからなかった。

（2）マスクについて、高浜虚子編の『新歳時記 増訂版』（三省堂、一九五一年）に「大正年間に流行性感冒が猖獗を極めた時から殊に流布するやうになつた」とある。また、平凡社版の『俳句歳時記 冬』（山口青邨編、一九五九年）は「スペイン風邪の流行以来大いに普及した。〔略〕以前は誰も彼もしたが、いまは時々見るくらいに減った」と伝える。近代日本で多くの死者を出した「スペイン風邪」自体は歳時記に定着することはなかったが、マスクを「季」として定着させたということか。なお、「スペイン風邪」と俳句に関しては村山古郷『大正俳壇史』（角川書店、一九八〇年）が、この病に関連して亡くなった大須賀乙字（一八八一－一九二〇）を中心に頁を割いている。

参考文献（本文及び注で提示した以外の主な文献）
日野草城『日野草城全句集』沖積舎、一九八八年
知念広真『明治時代とことば コレラ流行をめぐって』リーベル出版、一九九六年
夏井いつき『絶滅寸前季語辞典』ちくま文庫、二〇一〇年
また、本章では本文中、俳句の総合誌を誌名のみ挙げたが、全て令和二年（二〇二〇）の刊行物から引いている。発行は引用数の順に『俳句』（角川文化振興財団）、『俳句αあるふぁ』（毎日新聞出版）、『俳壇』（本阿弥書店）である。

疫病と日本語

宮地朝子

非常事態は、人間社会に大きな影響を与える。戦争や疫病の流行は、長期的な非常事態の典型だろう。事故や自然災害、大病など、不意に人は想像もしていなかった過酷な状況に置かれる。それはどこの誰にもひとしく降りかかる可能性がある。

ただ、疫病の流行というものは、どこか、過去に人類が経験したもの、あるいは未来やパラレルワールドといった、とにかくここではないどこかで起こるものと思っていた。危機意識の欠如という以外にないが、ふと、ああ、今年は二〇二一年なのだ、とも思う。昭和まっただ中生まれの私にとって、二〇二一年という年号には未来感がある。無線で通信通話ができる。磁力で浮く超高速のリニア新幹線や、自動運転の自家用車も実用化されつつある。新聞も論文も紙でなくスマホやタブレットで読む。地球の裏側にある図書館や博物館に所蔵された、世界に唯一の文献のデジタル画像を自宅のパソコンから眺められる。オンライン開催のセミナーや学会に地球規模で参加できる。三〇年前に若者だった私にとってはまさに未来だ。

しかし、この未来は、タイムマシンに乗ったりして一足飛びにやってきた「いまここ」ではなく、二〇世紀から二一世紀にかけての数十年間、日常をリアルタイムで過ごす中で辿り着いた「いまここ」である。黒電話からスマホまで、ラジオからYouTubeまで、たしかにすべて経験しながら、だんだん便利になり世界が広がって「いまここ」に至った。

ところが二〇二一年一月現在、世界中はひとしく、新型ウイルスの流行という非常事態におかれている。人間社会全体に、突然、否応なく制約が課され、誰もが、働き方や学び方、生き方を変えざるを得ない状況となった。この数十年の高度経済成長や技術革新による変化とは、規模も質も急激さも、段違いといえるだろう。

その影響は日本語にもさまざまな形で現れている。まず、疫病とその対策や影響にまつわる特徴的な語や表現が増えた。「コロナ禍」「三密」「アベノマスク」のような新語・流行語はその代表である。「不要不急」のように急激に使用頻度が上がった表現もある。「テレ〇〇」「リモート〇〇」「オンライン〇〇」「遠隔〇〇」など、一定の形態素が部品となった新造語も多い。形態素の造語力の拡大が促進された事例といえる。

「濃厚接触」「ニューノーマル」などは、元々特定の業界や分野で使われていた専門用語が一般化したものだという。社会的な変化は、個々の語が置かれる文脈の変化の契機となりやすく、語の意味用法の一般化や変化をもたらしやすい。まして新たな疫病の流行という多くの人にとって経験のない事態である。今までに無かった事物や概念が生じ、新しい言葉が生まれるのはごく自然なことだろう。既存の語やその部品（形態素）の適用範囲を拡張したり変化させたりして、象徴的な新語・流行語を作り出す。これらの新たな表現は、二〇二〇年代初頭の日本語をとりまく状況をよく示しているにちがいない。

　大学をふくめ教育現場で頻出の「対面授業」もコロナ禍中で生まれた新語である。「授業」はただの「授業」という語で、「対面」はいわずもがなだった。しかしその常識的なあり方が普通ではなくなり、否応なく原則として遠隔での実施となったことで、新たな名称を得た。既存の語が再命名[1]されてできた新造語である。「レトロニム」とも呼ばれる。

　二〇世紀から二一世紀にかけては、科学技術の発達によって、「固定電話」「有線ＬＡＮ」「アナログ時計」「回らない寿司」などのレトロニムが数多く生み出された。ただし、新たな技術が新たな選択肢を増やしただけではレトロニムは生まれない。常識や普通の変革、原則の変化が必須である。コロナ対策下においては、否応なく人と人の「対面」と「接触」が避けられている。好むと好まざるとに関わらず、常識を急遽変えざるを得なくなったことで「対面授業」というレトロニムが生まれた。三〇年前の日本語話者なら思わず「授業が対面なのは常識じゃないか！」と反応するだろう。

ＮＨＫ Ｅテレ「シャキーン！」内のミニドラマ「未来からきた先生」（二〇一九年四月〜二〇二〇年三月放送）では、三〇〇年後の未来からタイムマシンでやってきた家庭教師が、「液体目薬」「文字作文」「透明投げキッス」「首だしTシャツ」など、さまざまな未来のレトロニムを口にする。液体でない目薬、文字で書かない作文、目に見える投げキッス、首を出さないTシャツ…というものが未来には存在し、現在一般的な「目薬」「作文」「投げキッス」「Tシャツ」は、再命名が必要な有標の存在らしい。主人公の少年が液体目薬について、目薬が液体なのは当たり前、目に入れるものなのだから、そんなの常識ですと言うと、未来からきた先生は、「あ〜！ちっぽけな常識！」と喝破し、「未来をなめてもらっちゃあ困るなあ」と勝ち誇る。

ウィズコロナの「いまここ」にいる私たちは、「対面授業」という新語は得たものの、慣れないＩＣＴツールの活用に悪戦苦闘している。「授業が対面なんて当たり前」という反応を「ちっぽけな常識！」と切って捨てる余裕はない。

「対面」が有標になって、「対面〇〇」というレトロニムが生まれるということは、日本語にとって、また、日本語を使って他者とともに生きる私たちにとっても、単に新語・新概念の確立、常識の変化という以上の意味がある。「対面対話」は、言語コミュニケーションの最も基盤的なあり方だからである。

「対面対話」という言い方には違和感を覚え

るかもしれない。それこそ「対話が対面なんて常識じゃないですか！」と言われそうな用語である。しかし「対面対話」は、少なくとも現在のところ一般語ではないだろう。言語学の研究分野で用いられている語である。言語を運用するあり方のバリエーション、つまり、文字媒体によるやりとりやオンラインの通信を含め、対面でない対話を念頭に置いて、「対面」に着目しことあげした用語である。

対面対話では音声を用いる。人間が生身の身体から発する音声は、言語にとって最も基盤的な媒体である。相槌やいいよどみ、「〜よ」「〜ね」などの文末表現といった対話特有の言語形式に加え、声の高低・強弱、延伸などの音声的特徴、そして、イントネーションなどの韻律的特徴がコミュニケーションの一部をなしている。表情や身振りといった非言語行動も活用できる。話し手と聞き手が生身の身体で対面し、コミュニケーションの時間と場を共有する、「共在」と呼ばれる構図を持つ。(2) これらの条件が「話し言葉」を特徴付けている。

一方、文字を媒体とした「書き言葉」は、原則として一方向的なコミュニケーションである。送り手と受け手が対面し、時間と場所を共にするという条件は必須ではない。「非共在」と呼ばれる構図にある。いつどこで誰が受け取ってもよいし、誰が受け取るとも限らない。ゆえに、いつどこで誰にも等しく伝えるべき内容が適している。規範性・専門性も高く、専門用語などの固い表現、練り上げられた文が現れやすい。目的は多く、知識や情報の記録・伝達であり、正確性や再現性を要する。

文字によるものの中でも、文学作品・韻文などの文芸では、独創性や芸術性が志向され、感覚や情意に訴える。受け手側の「いまここ」での自由な解釈や鑑賞・批評に開かれている。典型的な「書き言葉」とはベクトルが異なり、ゆえに「小説」「詩」といった言語運用の一実現、ジャンルや文体として確立している。新聞、論説文、エッセイ、広報誌、手紙にも各々の特徴がある。話し言葉の文体、話法も多様である。友達とのおしゃべり、初対面の相手との世間話、商談、電話、講演、スポーツ中継などにもそれぞれに個性がある。ジャンルや文体と呼ばれる対立は言語の運用のバリエーションそのものである。

人間の言語コミュニケーションは、音声と文字という対立を基盤としつつ、典型的には「話し言葉」と「書き言葉」を両極とし、目的や内容、送り手と受け手の関係（構図）、再現性や正確性、あるいは独自性や娯楽性の要否などの条件に従って、適した媒体・メディア・ツールが選ばれ、あるいは与えられた媒体の制約を受けながら実現、分化してきた。言語を載せるコミュニケーションのメディアやツールが多様化すれば、それに伴って、運用のバリエーションは自ずと広がり、文体もジャンルも多様化する。

携帯電話やスマホという新しいツールで書かれ、インターネット上の閉じたコミュニティに向けて書かれた「ケータイ小説」という新たなジャンルは「私語りの会話体文章」を特徴とする。小さな画面での読みやすさが志向され、改行の多さや記号の使い方にも特徴がある。(3) ケータイ小説や、ＬＩＮＥなどのＳＮＳアプリ、

Ｓｌａｃｋなどのビジネスチャットで見られる、典型的にはスマホなどの端末で打ち込まれた日本語は、「主にインターネットを介しキーを打つなどして伝え合う、かつてはなかった新しいコミュニケーションの形」である。[4]「打ち言葉」と呼ばれ、「①文章が短く、断片的。②敬語が少なく、カジュアル。③往復回数が多く、往復時間が短く、会話的。」といった特徴を持つ。[5]

「打ち言葉」は仲間内や特定の相手とのやりとりが中心であり「話し言葉」に近い様相も示すが、文字だからこその表記上の工夫や遊びに富み（「おｋ」「草」）、絵文字や顔文字のように視認性に訴える記号も多用される。猫語「〜だニャ」を駆使したり、「ござる」といって忍者や侍になったりといった演出、「キャラ語尾」[6]による変わり身も、現実世界よりずっと容易で許容されやすい。キーで文字を打ちこむことで、生身の身体を離れ、実際に音声では実現しないというお約束が担保されているからこそである。「打ち言葉」をそのまま「話し言葉」に、あるいは典型的な「書き言葉」に持ち込むことはできない。

この「打ち言葉」の独自性を支えるのは、オンラインコミュニケーションの持つ「遠隔」という条件だろう。現代のＩＣＴメディアは、技術的には音声・映像・文字を同時に併用でき、リアルタイムかオンデマンドかも選択可能である。従来のコミュニケーションとの違いは、「対面／非対面」という一点において際だっている。「話し言葉」と「書き言葉」は「共在／非共在」で、「話し言葉」と「打ち言葉」は、「対面／非対面」で対立している。非共在の「書き言葉」と非対面の「打ち言葉」は重なりもあるが、即時性の有無で、条件を大きく異にする。

この「非対面」かつ「即時的」という条件が、コロナウイルス対策下で課された制限に即応した。あらゆる社会活動において「遠隔」が強く推奨される条件は、私たち人間にとっては試練以外の何物でもないが、「打ち言葉」が「話し言葉」「書き言葉」に対する第三の極としての位置付けを強化する上で最大の契機となったことは間違いない。

「打ち言葉」はバーチャルな対面対話としての性格も持つ。だからこそ、「SNSでやりとりしているモード」での仲間内の会話では「話し言葉」に流入する。ここまでは閉じたコミュニティのスラングに過ぎないが、SNS流行語の「ぴえん」は、この二〇二〇年を代表する言葉として、今後の辞書に採録されてもおかしくないものが選ばれるという「三省堂　辞書を編む人が選ぶ「今年の新語二〇二〇」」の大賞ともなった。インターネット上のニュースだけでなく、テレビなどのマスメディアでも大きく取り上げられて、小学生が「宿題いっぱい、ぴえんだよ！」などと口にする例も見聞きする。人々が複数の異なるメディアを併用する現代だからこそ果たされた「打ち言葉」の一般化、「打ち言葉」と「話し言葉」の交渉といえる。オンラインメディアを介したコミュニケーションと「打ち言葉」の確立は、日本語の運用をますます多様化させるだろう。生み出された多様な文体は、「対面」と「非対面」が目的と適性に応じて使い分けられていくなかで、既存の文体とも相互交渉していくだろう。

そもそも遡って、話し言葉的・書き言葉的という二つの極をもつ言語運用の広がりも、人間が音声に加えて文字という媒体を得て獲得したバリエーションである。日本語の書き言葉は、漢字漢文による書記にはじまる。「かな」という独自の文字のセットを得て、和文と漢文の対立を使い分けながら言葉を紡いできた。中世の和漢混交しかり、近世の文芸の大衆化と多様化しかり、近代の言文一致しかり、文体間の交渉は日本語史上の一大画期をなしている。試練のただ中で私たちは、日本語にとっての新たな一大画期にも立ち会っているのだ。

「打ち言葉」を第三の極に押し上げたのは、疫病の流行という、人間には制御不可能な偶然の災禍であった。必要に迫られて踏み出したその一歩で、人間社会は変化し新たな局面を迎える。ことばの変化も、同じことなのだろう。人類史の西暦二〇二一年に生きる自分自身の立ち位置を、歴史の教科書の年表の上に見つけるような、どこかから日本語史の「いまここ」を眺めているような思いがする。

「対面〇〇」という言葉が生まれたコロナ禍では、「非対面」のオンラインコミュニケーションの利点や長所も明らかになった。一方で、それ以上に浮き彫りになったのは、生身の人間同士のやりとりの重要性や、対面でしか為せない活動がどうしようもなくあるという、人間にとって至極当たり前の事実ではないだろうか。自分にとって、どの活動が「対面ならでは」なのか、私たちは誰もがこの一年で嫌というほど意識させられたはずだ。

人間は生身の身体をもって、他者と共に生きる存在である。この条件に変わりがない限り、新しく生まれた「対面○○」というたくさんのレトロニムも、少なからずただの「○○」に戻ると思う。「対面」に付加価値がつき、「対面が当たり前なんて時代があったねえ」と懐かしむような未来は寂しい。いずれにしても遠からず、誰もがコミュニケーションの目的に応じて「対面／非対面」を選べる日常が来ることを祈りたい。コロナ禍が日本語に何をもたらしたのか、より精密な位置付けは、真に未来の日本語研究者に任せよう。

注

（1）鈴木孝夫「語彙の構造」（『日本語の語彙と表現』大修館書店、一九七六年（新装版：一九九〇年）。鈴木は論の冒頭、当時の「電々公社に関係する人々」が「電話ことば」と区別して、普通の話し言葉を「対面ことば」と称した事例を契機に「再命名」を考察していて興味深い。

（2）「共在」および「非共在」については、次の論考に述べた。宮地朝子・北村雅則・加藤淳・石川美紀子・加藤良徳・東弘子「共在性からみた「です・ます」の諸機能」（『自然言語処理』一四巻三号、二〇〇七年四月）。なお「共在」の定義には多様な立場がある。定延利之『コミュニケーションへの言語的接近』（ひつじ書房、二〇一六年）を参照されたい。

（3）泉子・K・メイナード『ケータイ小説語考』（明治書院、二〇一三年）

（4）文化審議会国語分科会「分かり合うための言語コミュニケーション（報告）」（二〇一八年三月二日）

（5）石黒圭『リモートワークの日本語：最新オンライン仕事術』（小学館新書、二〇二〇年）

（6）金水敏『ヴァーチャル日本語 役割語の謎』（岩波書店、二〇〇三年）

鬼は〝そこ〟にいる、しかし〝それ〟は遍在する
——疫病とエクリチュールと

高木　信

一　〈怨霊〉としての新型コロナウイルスは

新型コロナウイルス（COVID-19）が令和二年から三年（二〇二〇から二〇二一）にかけて猛威をふるっている。報道は連日、感染者数、重症者数、死者数、検査数を示す。自粛警察、マスク警察、濃厚接触者追跡（保健所の人的調査や欠陥だらけの接触確認アプリのCOCOAなど）が話題にもなった。そしてワクチンが開発されたとなるとすぐにはじまったのが、ワクチン・ナショナリズムである。これらの特徴は、この後に述べる新型コロナウイルス（以下基本的に「新型コロナ」とする）を〈怨霊〉化していることの証左である[1]。

この新型コロナ禍の特徴については、地球上に「逃げ場がどこにもない」という特徴がある。薄く広くそして緩く伝播し、高齢者を中心に重症化させ、人々を死に導く新型コロナは、地球上で猛威を

振るうウイルスを描いたパンデミック小説・小松左京『復活の日』（一九六四年）で、唯一残された非感染地・南極にまでその手を伸ばしたのである。『復活の日』では人類は中性子爆弾によってほぼ絶滅する。

『復活の日』で、もうひとつ残された非感染地は海底の原子力潜水艦であった。海底が安全だという設定は、星野之宣『ブルーシティー』（一九七六年・集英社「週刊少年ジャンプ」連載・一八話で打切）にもある。こちらは、謎のウイルスを消滅させるためにオゾン層を破壊し、紫外線を地球に降り注がせ、ウイルスとともに人類も死滅し、海底都市・ブルーシティーに人類の未来を託すというマンガであった。(2)

新型コロナはもちろん目に見えない。そして、誰に取り憑いているのか（発症しない例が多いので）わからないという特徴があり、爆発的に人類を死滅させることもない。人類が滅亡したらウイルスも消滅せざるをえないのである。

新型コロナが特徴的なのは、『出口なし』（一九四四年・ジャン・ポール・サルトル）という情況をもたらしたことだ。言い方は悪いが、地震、洪水、放射性物質の拡散、一般的な疫病などの災厄では、いざ逃げようと思えば（決意と余力、経済力があればの話しなのだが）、地球上のどこかに逃げる場所があった。「滋賀県へ逃げよう！」「オーストラリアへ逃げよう！」。しかし今回は、地球上（最初は南極があったが）どこにも逃げ場所はない。

コロナ禍の現代は、グローバル資本主義社会で、超監視社会＝「管理社会」（後述）でありかつその延長線上において実存の不安に取り憑かれている。発症すると致命傷となるが発症率の低いウイルス性の病や、重病であるが患者数が少ない病は、薬剤会社が儲からないから特効薬を積極的に作らない。新型コロナは、「儲け」になるから各社が競って「ワクチン」を開発している。すべては資本主義であり、国の威信（科学力を見せつける）を賭けての競争である。

〝われわれ〟は新型コロナという〈怨霊〉に取り憑かれている。

新型コロナ対策として県境を遮断したり、国境を閉鎖したりする。空気感染によって広がるウイルスを、人間が決めた〈堺〉によって押しとどめようという愚かさは、しかし地域／国際的なナショナリズムを推し進めた。また「副反応」という〈言葉〉でコロナ・ワクチン接種直後の発熱などがあることは示されている（一〇数年経ってから現れる「副作用」ではない）。だが、子宮頸癌ワクチンの「副作用」、集団予防接種による肝炎感染（これらはけっきょくのところ人災であるが）など、何年もが経ってからしか発生しないものもある。五〇年後の人類はどのような「副作用」とともに生きているのだろうか。なにもなければそれに越したことはないのだが、ワクチンが「オゾン層の破壊」と同じにならなければいいのだけれど…。

二　三・一一の後には

この本もそうだが、新型コロナにかんする日本文学研究者の反応が早い(3)。このスピード感と危機感の表明は、三・一一の時の反応とは大違いである。三・一一の時は、「地震」をめぐる言説にかぎって、日本史学や日本文学研究が次第に反応したが、原発関連は遅かった。

現代思想系の動きも早い。『現代思想』(二〇二〇年五月、青土社)は「感染/パンデミック」、八月号「コロナと暮らし」、一〇月号「コロナ時代の大学」、『思想としての〈新型コロナウイルス禍〉』(二〇二〇年五月、河出書房新社)などが陸続と出版されている。哲学者の反応も早く、ジョルジオ・アガンベン(アガンベンの最初の論考は、https://ilmanifesto.it/lo-statodeccezione-provocato-da-unemergenza-immotivata/ に寄せられた(2020/02/26)参照)。やスラヴォイ・ジジェク(二〇二〇年二月)が、ジャン＝リュック・ナンシー、ジュディス・バトラーが三月には新型コロナにかんする論考を発表している(4)。

この〈早さ〉を見たときに、東日本大震災にかんする反応の遅さとの違いが気になってしまう。津波による二万人を越える死者や行方不明者、原発のメルトダウン、水素爆発という未曾有の出来事を前に「失語症」となってしまったというのはわかる。数少ない実作者や研究者たちが死に物狂いで言葉を紡ぎ(5)、それから令和三年(二〇二一)までの一〇年という時間のなかで、多くの著作や論考の蓄積が可能となった。

この速度の違いはなんなのだろうか。目に見える死者（映像では隠されていても）、悲しむ人々を映しだすテレビ画面、なにもなくなった大地、煙をあげる原発、東北から関東地方にかけて放射性物質の濃度が毎日知らされるという情況、〈今—ここ〉にある危機。

身近な人を亡くした人々が近くにいるかもしれない、東京電力で働いている家族がいるかもしれないといった「忖度」もあっただろうし、「原発行政」をめぐって自由なことが言いにくいという情況もあったことは確かだ。しかし、大量の死者、不意の喪失、失語症的になりながらも紡ぎ出される証言や記憶をなんとかして言葉（映像も含む）にしようという必死な努力があった。

対して、新型コロナにかんしては大量の言説が、テレビのニュースをはじめとして吐き出されている。にもかかわらず、死者をめぐる記憶、突然の喪失を抱え込んでいる人たちには、ほぼ無関心である。新型コロナによる重篤な症状から回復した人たちの声は聴くことがある。「新型コロナをなめてはいけない」。しかし、親しい人を亡くした人々の声は、記憶は、ほとんど届けられることはない（二〇二〇年三月二九日に亡くなった志村けん氏が特例であった）。これは新型コロナをめぐる特徴なのではないか。新型コロナで亡くなった人々のプライバシーもあり、近親者の声も集めにくい、近親者も声を発しにくいのであろう。やはりテレビニュースで外国の死者を扱う映像を観た。シートにくるまれて、〈集められて〉いた。最期のときに顔を見ることもできなかった、葬式もできなかったという証言もあった。最近の報道ではそのような証言も激減している。しかし、死者は遺骨になって帰ってくるという情況は変わらないようだ。そして特別な葬儀会社が葬式を仕切っている。体験していない〝われわれ〟にはわからない（隠されている、見えなくされている）現実がある。

もちろん類似点もある。新型コロナに罹患した人々や医療従事者への根拠のない差別は、避難してきた福島の人たちを「放射能汚染物」として差別する姿勢と同じではある。東北の復興（土建業・建築業）によって利ざやを稼ごうという人たちと、「ＧＯ ＴＯ トラベル／イート」や東京オリンピック（震災からの復興の証しという大嘘のもとなされる）の利権、そしてワクチンをめぐる中間搾取も起こるだろう。

しかし、新型コロナ禍についてのテレビなどの言説を見ると、「コロナと戦おう」「コロナに負けるな」というものが多い。東日本大震災でよく言われたのは、「ガンバレ!東北　がんばろう―日本」であった。東北を〈外部〉から応援して、それに便乗する形で〈日本〉がひとつの明確なまとまりとなり（想像の共同体）、力をつけようという被災地利用のスローガンである。[6] しかし、新型コロナ禍のなかでは、がんばるための足場が崩れてしまっていて、がんばりようがわからないのであろう。誰かを応援することでまとまれないのであるから、新型コロナを〈敵〉と認定して隠喩としての〈戦争〉を惹起することで、〈日本一丸〉という幻影は作りあげられる。

しかし、東日本大震災で明らかになった、地域や社会そこに住む人々のあいだにある格差は、東北以外の人々にとって切実な問題として共有されなかった。多くの東北と無関係な人たちにとっては、

〈あれらの人たち〉の苦難でしかなかったのである。

三　新型コロナが明らかにしたことは

だが、新型コロナ禍は、日本と言われる国民国家に住んでいるほとんどすべての人々に、格差を思い知らしめてしまった。普段から格差が、差別が可視化されているアメリカなどでは、新型コロナに罹患するのは、貧しい人たちが格段に多いという現実がある。多くの人々の生活を支えるようなエッセンシャル・ワークに従事している人々、あるいはスラムのようなところで狭い部屋に大家族が住んでいる人々の場合、ひとりが感染したらあっという間に家族も感染する。しかし、隔離することもできず、治療費もない……。

ここまで露骨な事態は日本ではあまりなかったであろうが、震災で避難所生活を余儀なくされている人々、医療行政に見捨てられたような介護施設で身動きもできないような高齢者や病人といった人々は、コロナ感染に怯え続けなければならなかった。要介護者を家族に持っていない人たちも、これらの凄惨な情況を知ることになる。

そして多くの人たちは、満員電車に乗って会社に毎日行かずにできる仕事が存外とあること、毎日学校に行かなくても勉強はできることを知る。その反面、どんなに感染が怖くても現場へ行って働いてもらう人がいないと（小売業やライフラインの確保など）、自分たちの生活がまったく成り立たないこ

とを、ようやく身に染みて知ることとなる。(7)

死者についても言えよう。〝われわれ〟が本当の（映画などでは再現＝表象される）死者と出会う（テレビ画面越しでも）ことはない。ＮＨＫの「放送ガイドライン2020」でも「事件や事故、災害などでは、死者の尊厳や遺族の心情を傷つける遺体の映像は、原則として使用しない」とある（「ＮＨＫ 放送ガイドライン2020 インターネットガイドライン統合版」11「事件・事故」⑥「映像」）。ただし、津波の映像を観ていると、そこにいるはずの人が消されていても、〈想像〉することはできる〈想像〉でしかないと言われればそれまでだが）。しかし、日本の新型コロナにおける死者は〈数字〉でしかない。〈想像〉する余白すら作られていない。メディアも個人も、感染者数に関心をおく。そして重症者数。最近は「感染者数÷ＰＣＲ検査数」や「人口十万人あたりの新規感染者数」というパーセンテージや、実効再生産数（陽性者一人あたりが感染させる人数）にも焦点があたっている。そして〈死者数〉である。〈死〉は数値でしかない。死者に対する、あるいは〈死〉に対する〈想像力〉を削り取られていることにあらためて愕然とせざるをえない。

日本に住む人々の多くが知ろうとしなかった事柄、諦めていた事柄がなんであったのかを目の当たりに知らされてしまったのが、この新型コロナ禍である。利権に敏感になり、身内にだけ優しい政治家に怒り、プレゼン能力のなさにあきれること（アクティヴ・ラーニング系の授業は大切なのかもしれない）も、ようやくできるようになったのが、唯一の救いであろうか。

四 〈亡霊〉としての新型コロナは

新型コロナがもたらしたものは、「病」だけではない。前節で述べたような「格差」への気づきもひとつであろう。もうひとつの特徴は、時空間の混線である。これにはメリットもデメリットもある。

メリットは、じつはすでに〝それ〟が可能であったのに、〝それ〟をやってこなかっただけということを、逆に〝それ〟はやってはいけないのに〝それ〟をやってきてしまったという事たちを露わにしただけなのだが（〝それ〟にはさまざまな語句を入れてほしい）。

メリットはたしかにある。先日、東京（夕方）、パリ（深夜）、ニューヨーク（早朝）を結んでのＺｏｏｍによる国際学会に参加した。時間帯的にツライ人はいるものの、飛行機に乗らず（一二時間、二〇万円の航空費とか使わず）、瞬時にして議論が開始できる。ただ乾いた外国の空気を満喫することはできないが…。国内での学会や研究会にも、日本中いや世界中から参加できる。つまらない会議もテレワークで自宅から参加できる。これら〝それ〟だ。学校は絶対に登校しなくても「なんとかなる」こともわかった（〝それ〟には、困難もともなうが）、今までその対策を放置していたことがわかった。小中学校そして高校も、教科書を決めれば（誰がどの教科書を選択するかはまた重要な問題だ）、オンライン教育センターを作り、オンデマンド、Ｚｏｏｍなどで授業をすることは可能である。今まで、各学年、各教員に押しつけられていた不登校問題なども解決策が見えてくるだろう。

しかしデメリットもある。運動不足だとかはおいておくとして、時空間の混濁（混線以上に精神的にこたえる）である（これは〈亡霊論〉的な問題圏だ）。亡霊論的な出来事とは、〃日常〃を常識的に生きている人々にとっては、ハッピーなだけではない。オンラインの時空に馴れなければならない。そして、その時空を最大限に利用しなければならない。それが、令和三年（二〇二〇）現在の大学における教育「環境」である。たとえばオンデマンド授業をあげよう。そこで起こっている現象は、自分が今行っている作業が「いつ」学生が見るのかわからない（一週間とか限定はあるものの）。具体的には、いつパワーポイントやPDFファイルを公開し、いつ学生からのコメントが来て、いつ公開している情報を閉じ、いつまでにコメントへの返信をすればいいのか、わからなくなってくる。夜中に自分の部屋にいてファイルを作成しているのだが、学生の目の前にどのように見えるのかを想像しながらの作業となる。Ｚｏｏｍを使用したオンタイム型授業では、同じ時間と情報とををバラバラの場所で共有する。このような時間と空間との混線情況というのは、『亡霊たちの中世』（水声社）で提唱した〈亡霊に取り憑かれた時空間〉である。単線的な時間軸が崩れ去るとき、そして世界地図のような静的空間が流動化する。そのとき、〃われわれ〃の日常は破砕され、あらたな認識論あるいは存在論が生まれる。それを亡霊論的転回と呼んだ。

もうひとつ、面白いことがある。先にも書いたが、Ｚｏｏｍというツールが日常的に使用されるようになった。Ｚｏｏｍは顔を出しても、アイコンでも、黒の画面に名前だけ表示しても参加できる。枠組はおなじく黒色。そこに自分がいる。自分と思われる顔がある。話すと、そいつも話す。真っ暗な画面の世界に、自分の鏡像が浮かび上がる。一度、ミラーリングというのをやってみた。人から見えているように、画像を反転させるのだ。他者から見られている自己像を目の当たりにしたとき、激しい嘔吐感に襲われた。自己像は他者を経由して想像的に到来するものなのだが、Ｚｏｏｍというシステムは（もちろんさまざまなノイズは入っているし、電子的なバイアスもかかっているのだろうが）、〈現実界〉を〈私〉にダイレクトにぶつけてくる。パソコンの画面上の他者に見つめられ、鏡像としての〈自己〉を見つめ／〈自己〉に見つめられる。インターネットが世界をつないでいる現代においては、家や部屋に閉じこもっていてもネットを通じて、「地獄とは他人のことだ」（サルトル『出口なし』）という状態に襲われる。同時に、自分自身が他者にとっての「地獄」ともなっている。これにどのような作用があるのかまだわからないのだが、認識論的・存在論的変容がもたらされることになるだろう。

それと不思議な孤独感である。「距離」が持つ暴力（遠／近ともに）とでも言おうか。Ｚｏｏｍの画面に現れる他者たちは、空間を共有してはいない。とくに黒地に名前だけを出した「sound only」な他者は、真っ暗な宇宙空間に現れたアイコンのようにしか見えない。むかしＳＦで見た宇宙船の内部で、他の宇宙船の船員たちとのあいだで交わされる通信場面のような。宇宙空間での会話ならば、タイムラグはものすごく、ＡＩが補正することでようやくリアルタイムにみえるだけの、孤独な旅の途中。実際には地球上のNo・3による交信にはタイムラグはほぼないのだろうが、宇宙空間にいると錯覚してしまうと、聞こえてくる「声」が、過去の声なのか、未来からの声なのか、確証など持てなくなる。たとえば、今まさに隣の研究室にいる人が、Zoomの画面上では「ぼく」と並んで〈見えて〉いる。遠く離れたところから会議に出席している人も、その隣に並んで〈見えて〉いる。近いのに遠い。遠いのに近い。遠近法が瓦解するのである。

以上、デメリットのように述べてきたことだが、まさに〈亡霊論〉という出来事を新型コロナが生成したのである。いや、この言い方は正しくない。ウイルスに意志はない。〈亡霊〉に現世に対して影響を及ぼそうという意志がないのと同じなのだから。新型コロナによって、〃われわれ〃が生成した新しい〈現実〉なのである。

しかし、この新しい〈現実〉を〃われわれ〃は体験しているのではないか。それはエクリチュールという経験である。時空の混線、自己同一性の瓦解、ひとつの主体に所属しないコト、散種されるモノ/コト……。卑近な例をひとつ。プッシュ式のアルコール液がさまざまな場所に置かれている。ウイルスが付着した手でプッシュしたとしよう。その洗浄液のボトルを手に取って液を補充する人の手にそのウイルスが付着する。その手で液体が入ったビニール袋を触る。その袋を捨てる人に乗り移るウイルス……。目に見えない〈亡霊〉としてのウイルスは、どこまでもどこまでも転位していく(これは科学的な話しではない。幻想的な寓話だ)。これはまさに、エクリチュールの〈差延〉的なあり方だ(デリダ［1967］）。ウイルスとは亡霊的なエクリチュールなのである。

五　新型コロナがもたらす「管理社会」は

フーコーは、刑罰が処刑型＝見世物型＝君主型（中世）から一望監視システム＝規律型（近代）への移行を、〈権力＝知〉の変容として示した。王の権力へ恐怖する民衆から、見えない権力を内面化する市民への移行でもある。身体＝生命をどのように管理するのかという〈生政治〉という問題系である。そして近代的な身体・権力システムを生産する場として、工場、軍隊、病院、学校があることを示したのでもあった。この身体＝生命を管理する場としての病院は、正常／異常の線引きをする。「病」に対する接し方も、権力のあり方や認識論的な枠組と密接にかかわる。前近代においてハンセン病（癩病）患者は共同体から排除され追放された。そのようにして共同体を感染病から守ろうとした。やがてペストの時代になると、碁盤の目のような条里制的な空間のある一角に感染者を閉じ込め監視する。正常／異常の二分法にのっとり、異常者としての狂人を精神病院に閉じ込めるのと同じ権力の発動である。一望監視システムにもとづく規律＝訓練型社会の権力システムなのである(8)。

新型コロナの感染対策も、アパホテルに閉じ込め、重症患者と上級国民とが病院に入院し、重篤な患者がＩＣＵで治療を受けるという点で近代型のようだ。しかし、感染者特定のシステムが従来とは決定的に違うだろう。台湾ではＩＣカードを用いて健康管理がなされ、どこが物資や人員を必要としているかを調査し対策をうった。中国は監視カメラによる大規模な追跡が行われたらしい。

ドゥルーズは監視カメラ（恒常的管理）とインターネット（瞬時のコミュニケーション）とを駆使した新しい権力システムの社会を「管理社会」と呼んだ[9]（三五〇頁）。新しい管理社会を「シンプティコン」（多数による少数の監視）とノルウェーの社会学者・トマス・マシーセンが呼んでいると教えてくれる。新たなものとして「ポリオプティコン」概念があるとも言う[10]。

新型コロナ禍はまさにこの「管理社会」を推し進める。濃厚接触者感知アプリＣＯＣＯＡ（機能としてはダメだが）、国民を紐付けるマイナンバーカード（紐付けられないでいるが。住基ネットはどうなったのだろう?）、どこに設置してあるのか教えないＮシステム（自動車のナンバー読み取り装置）、日本中に設置されている防犯カメラ……。すべてを可視化し、相互に閲覧可能になる（現在は権力者もしくはＡＩおよび技術者だけだが、インターネットで結びつけられた時点でハッキングは可能となるだろう）。

最近のテレビドラマでは防犯カメラを使用して犯人を見つけだすというモチーフを多く使用している。『レッドアイズ　監視捜査班』（日本テレビ・二〇二一年）、『絶対零度〜未然犯罪潜入捜査』（フジテレビ　二〇一八・二〇二〇年）などである。犯人検挙のため、犯罪阻止のために個人情報から現在位置まで巨大データーバンクと監視カメラの情報を動員するドラマである。犯罪撲滅のためなら個人情報の利用も許されるというのが視聴者の感覚であろう。視聴者である〝われわれ〟のなかの「私」は、自分が監視されていることをあえて無視して、このシステムの有効性に賛同するわけである。つまり、シノプティコン・システムのただなかにおいて、「私」は見られていないという幻想を各人が持つことで、このシステムはスムーズに稼働する。「私」だけは〈外部〉にいるという幻想。

新型コロナ禍のなかでも、隔離、管理（感染、発症、発熱という身体的な）と監視（移動について）とを、〝われわれ〟は要求する。「私」以外の〝われわれ〟が管理されるべきだということだろう。日本におけるこの当事者性意識の喪失は、西欧諸国において「マスクを無理矢理付けさせるな」「移動の自由を制限するな」という運動を生むことはけっしてないだろう。フロムの言う「自由からの逃走」つまり「自由」であることに耐えられず、みずから管理されることを望む体質が抜けていないのだ。ドイツをはじめとする西欧諸国は、ナチズムへの反省から「自由」を希求するのだろう[11]。

新型コロナはこの「管理社会」化の推進をより早めるであろう。しかし、多くの人々にとって、感染・発症・重篤化・死亡が〈他人事〉であるのと同じように、「管理社会」において管理される〝われわれ〟のなかに「私」はいない（と思い込んでいる）のである。

このような「管理社会」から逃走するために、ドゥルースはマイノリティへの生成変化や芸術の力を持ち出してくる。デリダは「自己免疫」に着目する[12]。「自己免疫」とは、民主主義的であろうとするために、外部から異物が侵入してきたとき、それを〈敵〉として認定してしまい、暴力的に（つまり非民主主義的に）排除しようとしてしまうことである。自己を守るための免疫システムが誤作動を起こすことで、自己自身を傷つけてしまうのである。しかし同時に、この誤作動が新たなシステムを構築する可能性を内在化させる。その可能性に賭けるのだという道筋を示す。
わかりきっていることを書き連ねてしまっただろうか。紙幅の多くを費やしてしまった。

六 〈鬼〉を排除する社会は

ドゥルースは「芸術とはすなわち抵抗のことです。死に抵抗し、束縛にも、汚名にも、恥辱にも抵抗する」（三四九頁）と述べた。もちろん有象無象の芸術的なものではない。抵抗する強度を持った「芸術」の力と、デリダが述べた「自己免疫」システムの暴走による変革とをつなぎあわせ、「管理社会」的なあり方への抵抗の可能性を探ってみたい(13)。

日本における「鬼」の成立は複雑である。中国の「鬼（オン）」と日本の「おに」とが混ざりながら成立してきた。現代の虎のパンツを履き二本の角を持つ赤鬼や青鬼像は江戸時代には成立していた。院政期に成立した『今昔物語集』にはより多様な鬼が登場している。ここでは「疫病神」としての鬼について考えてみよう。

『今昔物語集』巻第一二「信誓阿闍梨依経力活父母語第三十七」は、疫病が流行り、阿闍梨とその両親も罹患すると、阿闍梨の夢に五色の鬼神が集まって阿闍梨一家を連れていくという説話である。ここでの「鬼」とは疫鬼なのである。新村は病因のひとつとして鬼があると考えられていたことを具体例とともに示している。絵巻『融通念仏縁起』に、疫鬼の群れが描かれていることも指摘する。『医談抄』下「伝屍癩病不レ可レ治事」には次のようにある（『日本国語大辞典　第二版』によると「伝屍病」とは結核のことという[14]）。

諸病ノヲモキ、皆難治ナレドモ、伝屍癩病ニヲキテハ死病也。（中略）伝屍病ハ、鬼ノ住スル病也。タダノ病ダニモ難レ療キニ鬼霊ノ領ジタランハ、電通ナラデハ去ベキニアラズ。

（一九〇～一頁）

高橋は鬼である大江山の酒呑童子の原像は疫鬼であったとしている[15]。見えない病原を〈鬼〉で再現＝表象＝代行するわけだ。倒すべき敵としての〈鬼〉である。新型コロナを〈敵〉とし、「ウイルスとの〈戦争〉」とコロナ対策を語る現代のあり方と通じるものがある。病を隠喩化し、理解できるものとして、それと戦い、退治するのである。

酒呑童子は、神々の助力を得た源頼光とその四天王（藤原保昌を加えることもある）によって、退治される。御伽草子「酒呑童子」の簡単なストーリーを示そう。

丹波の国の大江山に鬼が住んでいて、次々と人間をさらって行った。そして都の中納言のお姫様もさわられてしまった。博士を招いて占ってみると大江山の酒呑童子の仕業であることがわかる。帝は頼光を呼んで、鬼退治を命ずる。頼光は貞光・季武・渡辺綱・坂田金時を集め、八幡・住吉・熊野に勝利を祈願した後、山伏姿に身をやつして大江山へ向かう。途中で出会った三人の翁が神変奇特酒という酒を贈ってくれ、案内に立ち、助力を約束して消える。一行は三神の守護を得られたと勇んで千丈岳の鬼の城に向かう。細谷川で血衣を洗う女性から城内の様子を聞き、羽黒の客僧と称して酒呑童子に面会する。酒呑童子の住処は「四節の四季のをまなびつつ、鉄の御所と名づけ」(四五三頁)と①「四方四季」の空間に住んでいる。酒宴の席で危うく見破られそうになるが、酒呑童子と同じく人間の血肉を食らうことでその難を逃れる。酒呑童子は泥酔の余り、越後の山寺育ちの稚児であったこと、そこで②「法師に妬みあるにより」(四六〇頁)法師を大量に殺害し、その夜のうちに比叡山に来たこと、③比叡山にいた頃伝教大師に追い出されたこと、大江山に来てからは④「弘法大師といふえせもの」(四六〇頁・「えせもの」とは《馬鹿者・悪者》)に追い出されたこと、弘法大師が死んだのでまた大江山に戻ったことなどを語る。神酒のおかげで酔いの回った鬼たちを殺害しようとする頼光たち。目を覚ました鬼たちと激闘の末、全滅させると都へ凱旋する。

酒呑童子はつねに排除されている。大量の法師を殺害するという異常性を持つがゆえに、人間が「鬼」となったのであった。しかし大量殺戮には、傍線部②「妬み」《恨み》という理由があった。また傍線部④にのように弘法大師（空海）のことを《いかがわしい者》としている。酒呑童子側からしたら、自分を追い出す者は〈敵〉であろう。「弁慶物語」では、比叡山で横暴な振る舞いをした弁慶は山から追放される。弁慶は「叡山にてゑせものの名を取り、追ひ出ださるるうへは、日本国を回りて、諍ひ修行をいざやせん」（下―二一五頁）と思っている。比叡山の法師にとっての弁慶と酒呑童子にとっての空海は同じ〈敵〉なのだ。ちなみに弁慶は「鬼子」（下―二〇二頁）として、父親によって山に捨てられている。酒呑童子の出生を描く「伊吹童子」では、暴力的な父親に似て酒呑みであるがゆえに酒呑童子と名づけられた少年は、やはり山に捨てられた。弁慶を捨てて七日目に《もう死んでいるであろうから死骸を回収せよ》との命令を受けた従者の前にいたのは、山で気ままに遊んでいる少年であった。従者は弁慶の父・弁心に「この山に鬼一人あり。我を見て追ひつる」（二〇四頁）と、弁慶が鬼になったかのような報告をしている。やがて弁慶は、子どものない五条の大納言が「若一王子」に申し子をしたことで、拾われるのである。対して、酒呑童子はそのまま山々を転々として成長した。

〈鬼〉のようだとされる捨て子が拾われ、それでも〈鬼〉のような弁慶は「ゑせもの」でしかないが、やがて義経と出会い〈英雄〉となっていく。逆に〈酒呑童子〉と名づけられた子どもは捨てられ、最澄に比叡山を追い出され、空海という「ゑせもの」に邪魔をされながら、〈鬼〉になっていく。小松が述べるように、〈鬼〉と〈英雄〉とは同類なのだ。ワクチンが抗体を作るためには体内にウイルス

を注入しなければならないのと同じなのである。(16)

この相同性は酒呑童子の住処についても言える。傍線部①「四方四季」という空間は、御伽草子「浦島太郎」の竜宮城など神聖な場所と同じ構造である。酒呑童子は一歩間違えれば〈英雄〉になったし、弁慶は〈鬼〉になったであろう。若かりし日、暴虐の徒・弁慶を酒呑童子が成敗していたら、酒呑童子という〈英雄〉が誕生したはずだ。

「酒呑童子」の語る主体は、「鬼神に横道なきとかや」（四五九頁・「横道」《人道に背いたこと》）と述べている。頼光一行に酒の肴として「今切りたるとおぼしくて、腕と股とを板に据ゑ」たものを酒呑童子が出させると、頼光と渡辺綱は脇差で切って「うまさうに」食べる（四五八頁）。童子はかえって《珍しいものをたべるものだ》と驚くと、頼光はしれっと「討つも討たるるも夢の中、即身成仏これなる故、くうに二つの味はひなし。われらもとより浮かぶなり。あらかたじけな」（四五九頁）と礼をする。そこで、

鬼神に横道なきとかや、童子もかへりて頼光に、礼拝すること嬉しけれ。（四五九頁）

と語る主体は喜ぶのである。この「嬉し」とは、なにに対して喜んでいるのだろう。頼光の嘘に騙されて納得していることであろうか。都サイドの価値観からすればそうだろう。ただし、頼光たちの

「横道」は許されることになる。しかし、「横道なき」酒呑童子の「礼拝」する姿を称賛しているとも読める。〈横道なき—嬉し〉という連辞を、都サイドから評価するか、酒呑童子サイドから評価するかで、意味が違ってくるのである。ここに「礼拝する姿」に感動する〈騙る主体〉が、つまり酒呑童子に内的焦点化することができる、〈鬼〉へと生成変化した〈騙る主体〉の存在が垣間見える。別の言い方をすると、デノテーション（第一義的な意味）として酒呑童子が騙されたことを喜ぶ「嬉し」と、コノテーション（別種の意味）として酒呑童子の横道なき姿を喜ぶ〈嬉し〉が同時に発生しているということである。

頼光一行はこの後も正体がばれそうになると、ペラペラと嘘をつく。まさに「横道」を実践する。「住吉、八幡、熊野の神」（四五二頁）が与えた、鬼が呑むと神通力を失い、人間が呑むと薬になる「神便鬼毒酒」を酒呑童子に呑ませ、寝ているところを襲うという「横道」によって頼光一行は酒呑童子たち鬼を退治する。人肉を食したにもかかわらずにである。

七　殺される〈鬼〉たちは

〈鬼〉と〈人間〉との相同性、鬼の方が〈人間〉的であるという逆説を論じてきた。〈鬼〉は〈人間〉が創り出すのである。

疫病の隠喩として使われ、英雄と紙一重の存在である〈鬼〉は、〈人間〉たちが自分たちの生活空間を維持（納得）するために必要とされる〈悪〉である。人間共同体がひとつのまとまりとして、安定するためには〈鬼〉が必要なのである。鬼は〝そこ〟に実体を持った（目に見えなくても）モノとして存在させられ、利用されている。だが、人間共同体にとって本当に見えない〝それ〟――それを〈亡霊〉と呼ぶのだが――は、人間共同体に取り憑いて、遍在する。

自己免疫システムという観点から見直そう。共同体は秩序の安定を求める。秩序が乱れたとき、〝それ〟が原因だとして排除し、殲滅しようとする。そのとき〝それ〟は実体化し鬼などの姿を持った〈敵〉とされる。これが〈怨霊〉化である。そして共同体は自身の安定のために、乱れの原因である〈怨霊〉と同じ〈暴力〉で、自身の〈敵〉を殲滅させようとする。その時、〈暴力〉という過剰性が共同体内部に沸き起こる。それは共同体自体を崩壊させかねないものだ。〝それ〟という未知なモノを実体化し偏在化させることで、自己破壊がはじまるわけだ。

しかし、大切なのは次のステップであろう。「酒呑童子」の語る主体が酒呑童子を騙ることを通じて〈鬼〉へと生成変化したように、〝われわれ〟もまた〈鬼〉へと生成変化できるかどうかが重要なのだ。〈鬼〉へと生成変化することで、暴力は外部へもまた自己自身へも向かわなくなるだろう。

怖れすぎてはいけない。怖れは〈怨霊〉を生みだす。正しく「畏れる」ことによって、〈亡霊〉との親密な関係を築くしかない。

新型コロナについても同じであろう。恨んでもしかたがない。恨むとウイルスは〈怨霊〉として〝われわれ〟を憎んでいる〈敵〉となり、戦争がはじまるだろう（早くから戦争の比喩で新型コロナ対策を語る人たちは大勢いた）。恨むならば感染を防げなかった政策と政策策定者だ。やがてワクチンができ、特効薬ができたとき、新型コロナは別の名前が与えられ（インフルエンザA型とかのように）、つねに／すでに〝われわれ〟を囲繞するだろう（インフルエンザ・ウイルスは冬場だけではなく一年中、どこにでもいる。湿度と温度との関係で感染力が弱まるだけだ）。

〝われわれ〟はウイルスへと生成変化し、ウイルスは〝われわれ〟へと生成変化する。そのような〈ウイルス機械〉へと生成変化していくことだけが、〈戦争〉というメタファーから逃走＝闘争する手段であろう[17]。

注

（1）〈怨霊〉、そして〈亡霊〉については、高木信［2020］『亡霊たちの中世　引用・語り・憑在』（水声社）、高木信［2021］『亡霊論的テクスト分析入門』（水声社）を参照のこと。

（2）人気がなかったのか、あっという間に「第Ⅰ部　完」となってしまった。子どもだったぼくは、かならず第Ⅱ部が始まると信じて待っていたが、まったくそのような兆候はなかった。やがて「ジャンプ・システム」という若手を囲い込んで描かせ、人気がないと打ち切る、若手育成の気持ちが薄いシステムがあることを知り、愕然とした。その頃「週刊少年サンデー」は手厚く若手を育成していたので、「サンデー」派になったのだが、ここ数年の「サンデー」はいまさらながらの「ジャンプ・システム」で、つまらない、プロットも作画も下手な若手を起用して、次々と打ち切る。マンガ家への愛のない編集部は、ダメだ……。

（3）日本文学協会『日本文学　二〇二一年五月号』が「特集　痛と文学」を組む。物語研究会『物語研究　二一号』も「ウイズ・コロナ／ポスト・コロナ／アフター・コロナ以降の文学研究」という小特集をする。久保朝孝（編）〔2021〕『危機下の中古文学　2020』（武蔵野書院）も出た。疫病をめぐる文学の分析が多く出されつつある（久保（編）〔2021〕所収の論文や中丸貴史〔2021〕「病の起源とその願望―遣新羅使・和泉式部・藤原師通を語るテクスト生成―」（物語研究会編『物語研究　21号』）など参照）。

（4）大澤真幸〔2020〕『コロナ時代の哲学』（左右社）による。いくつかの論考は『現代思想　感染／パンデミック』（二〇二〇年五月号）に翻訳されている。また本稿で参照されていない文献については、安藤徹〔2021〕「『源氏物語』研究の遠近法―コロナ禍を契機に考える」（久保（編）〔2021〕所収）を参照してほしい。

（5）たとえば、木村朗子〔2013〕『震災後文学論―あたらしい日本文学のために』（青土社）、木村朗子〔2018〕：『その後の震災後文学論』（青土社）など。

（6）高木『亡霊論的テクスト分析入門』（水声社）第Ⅲ部を参照のこと。

（7）熊本の中学では、オンライン授業にしたところ、不登校児も授業に参加できるようになったとニュースで言っていた（ＮＨＫ　政治マガジン　二〇二〇年六月一二日：https://www.nhk.or.jp/politics/articles/statement/39585.html）。熊本市の富合中学校では、対面式になってもオンライン授業を継続しているという。その中学の教員だけでだ。おかしいと思う。文部科学省が「不登校児授業援助センター」でも作って、オンラインで一斉配信（放送大学のような。しかしオンデマンド型で）すれば、学力の保証はできるわけだ。すべてを現場の教師がやる必要はなくなる。こんなコロンブスの卵のようなことをやろうという話しはいまだ聞いていていない。

（8）フーコー，ミシェル［1975→1977］『監獄の誕生　監視と処罰』（新潮社）
（9）ドゥーズ，ジル［1990→2007］「V政治　管理と生成変化・追伸―管理社会について」（『記号と事件　1972―1990年の対話』河出文庫）
（10）岡本裕一朗［2021］『哲学と人類』（文藝春秋）による。
（11）フロム，エーリッヒ［1941→1963］『自由からの逃走　新版』（東京創元社）
（12）ドゥルーズ注【9】書。ジャック・デリダ［2002→2009］『ならず者たち』（みすず書房）。
（13）注【12】に同じ。
（14）新村拓［2013］『日本仏教の医療史』（法政大学出版局）参照。
（15）高橋昌明［1992→2020］『定本　酒呑童子の誕生　もうひとつの日本文化』（岩波現代文庫）
（16）小松和彦［1977→1997］「怪物退治と異類婚姻―『御伽草子』の構造分析」（『神々の精神史』講談社学術文庫）
（17）高木信『亡霊論的テクスト分析入門』（水声社）の「あとがき」参照。

（その他の参考文献）
アガンベン，ジョルジョ［2020→2021］：『私たちはどこにいるのか？　政治としてのエピデミック』（青土社）
ジジェク，スラヴォイ［2020→2020］：『パンデミック』（Pヴァイン）
――［2020→2021］：『パンデミック2』（Pヴァイン）
デリダ，ジャック［1967→1984］：『グラマトロジーについて　根源の彼方に』（現代思潮社）

【参照本文】

※ジャン・ポール・サルトル『出口なし』（『サルトル全集 第8巻 恭しき娼婦』人文書院　初出は一九四四年）、小松左京『復活の日』（現在は角川文庫、小学館文庫など←一九六四年）、星野之宣『ブルーシティ』（『BLUE CITY CHRONICLE』光文社　二〇一〇年←一九七六年　集英社『週刊少年ジャンプ』連載）、「NHK放送ガイドライン2020　インターネットガイドライン統合版」（https://www.nhk.or.jp/pr/keiei/bc-guideline/pdf/guideline2020.pdf）。言葉の意味はジャパンナレッジ版『日本国語大辞典　第二版』に拠った。

※『今昔物語集』は小学館新編日本古典文学全集に、『医談抄』は伝承文学資料集成22（三弥井書店）に、室町時代物語「浦島太郎」「酒呑童子」は小学館旧編日本古典文学全集『御伽草子集』に、「伊吹童子」「弁慶物語」は岩波新日本古典文学大系『室町物語集　上下』に、説経節は新潮日本古典集成『説経集』に、絵巻『融通念仏縁起』は『続日本絵巻大成』（中央公論社）に、それぞれ拠った。

隠喩としての「戦争」、隠喩としての「埋葬」

閻連科《えんれんか》と方方《ふぁんふぁん》の文学から疫病を考える

尹《いん》 芷汐《しせき》

二〇二〇年七月の『文學界』「特集　疫病と私たちの日常」に、作家の古谷田奈月が「これは戦争ではないので、誰も戦士にも戦場記者にもならない」というエッセイを寄せた。古谷田の文章は、『文藝』(二〇二〇年夏季号)に掲載された閻連科の演説文「厄災に向き合って——文学の無力、頼りなさとやるせなさ」(谷川毅訳)を踏まえて書かれたものであり、タイトルも「戦争や厄災が訪れたとき、作家は「戦士」や「戦場記者」になることができる。彼らの声は銃声よりも更に遠くまで響くはずだ。その異なる音は多くの場合、相手のナイフを引っ込めさせ、相手の銃声を止めさせた」という閻連科の言葉への反論になっている。古谷田は、とりわけ閻が語った次の部分に注目した。

なぜ中国の一部の政府メディアやほとんどすべての思慮深い民間の声は、期せずして一致したように、封鎖された武漢を「アウシュビッツ」と言ったのだろうか？　どうしていつもアウシュビッツと「詩」を一緒に関連づけるのだろうか？　それは武漢の新型コロナウイルスがすでに隠喩になっているからなのだ。この突然訪れた災難の中で、中国社会は異なる音を受け入れる重要性を再び体得したのだ。そしてまた、アウシュビッツで詩を書くことができるときには、やはり詩を書かなくてはならないことを命をもって証明したのだ。

古谷田は、「ホロコーストを生き延びた人たちは、自分たちの経験がそれについて書くためでも伝承するためでもなく、ただ文学の意義を証明するために作家に持ち出されることをどう思うでしょうか」と疑念を示した。中国の検閲体制や不自由な言論環境に置かれた閻連科の心情に理解を示しつつ、閻が安直に戦争の比喩を用いながら、センセーショナルな文体で作家たちにエールを送り、筆で「戦う」ことを提唱することに対して、古谷田は「日常の中に戦時のメンタリティを取り入れたり、そのことに鈍感であったりする」ことの危うさを警戒すべきだと主張した。

「アウシュビッツ」の比喩には、実は一つの文脈がある。二〇二〇年二月、日本の民間団体から武漢にマスクなどの支援物資が大量に送られたが、物資を入れた段ボールに「山川異域、風月同天」のメッセージが印字され、中国では広く感動を呼んだ。この一文は、かつて唐玄宗の時代に、日本の長屋王が中国に送った千着の袈裟に印字されたものであり、唐の高僧・鑑真を感動させ、来日の決意を固めたきっかけにもなったという。また、一九五七年に書かれ、一九六〇年代に中国にも翻訳された井上靖の『天平の甍』によって、鑑真の物語が広く知られ、「日中友好」を推進する様々な場面で語られるようになったことも、近年の研究で明らかになっている。(1) パンデミックが発生した当初も、未だ正体不明の新型コロナウイルスに対する恐怖と緊張の中、貴重な物資とともに、「山川は異なれども、風月の営みは同じ空の下で繋がっている」という一文を通じて、人類の危機をともに乗り越えていくという意思表示が伝わってきたのである。しかし、二月一二日に武漢市委員会の機関紙『長江日報』は、「こうした形式上の芸術は、言葉の形式主義だ。その文体を通じて、彼らの共感のなさが見事に現れている」「武漢加油を叫ぶ人たちこそ、共に戦っているのだ」と評する記事を掲載した。さらにこの記事は、アドルノの「アウシュビッツ以後、詩を書くことは野蛮である」という言葉を引用し、「苦難」は詩で書くべきものではないと主張した。アドルノの言葉を誤用したことは、当時中国のネット上に多くの批判があったが、上記閻連科の寄稿は、武漢市委員会が『長江日報』を通じて発信した「文学不要」論への対抗、また公権力に妥協してしまう文学者への怒りを示すものでもあったといえる。(もちろん、それで「アウシュビッツ」という比喩が正当化できるわけではないが。)

疫病を「戦争」に譬えることへの違和感や、よって戦争そのものに鈍感になってしまうことへの危惧について、私は古谷田に大いに賛同する。しかし、言語と文脈による、「戦争」の比喩が喚起する情動の差異も考慮に入れる必要がある。古谷田と同じように一九八〇年代生まれの日本人、あるいは少なくとも良識的な歴史教育を受けてきた者は、おそらく「戦争」といえば真っ先にアジア・太平洋戦争と、大日本帝国によるアジアへの支配と侵略の歴史を想起するだろう。日本の加害を認識し、その責任を引き受けているからこそ、古谷田は「戦争」という言葉に強い警戒を示したと見て取れる。

一方、多くの中国人にとって「戦争」とは、阿片戦争から日清戦争、日中戦争などのように、外部からやってくる「侵略者」に抵抗する歴史記憶に固く結びついている。太平天国や近代軍閥間の戦争、国共内戦といった国内戦争に関しても、戦争を行う側の言説よりは、都市の生活空間または村落共同体に突然踏み込んできた「他者」の暴力によって、様々な被害を受ける物語として記憶されてきた。一九五〇年代に河南省の辺鄙な農村で生まれ育ち、上から押し付けられた社会主義運動も次々と経験した閻連科にとって、なおさら「他者」による被害への記憶と、自ら属する共同体への帰属意識が強い。こうした共同体意識も、閻連科が疫病と戦争の構造的類似性を見出すことにつながるだろう。それに対して、古谷田——そして私のように、民族や国家などの想像の共同体をすでに相対化してきたポストモダン以降の世代ならば、閻連科の演説文から溢れ出たある種の集団主義に抵抗を感じるのもやむを得ないことである。

ただし、これはもはや閣連科という作家一人の問題に留まらず、コロナ禍において、「ウイルスとの闘い」や「パンデミックに勝つ」など、図らずも疫病を「戦争」に譬えてしまう語り方は世界中に広がっている。各国の政治家が演説で「戦争」を口にし、フランスのマクロン大統領が「我々は戦争状態にある」と述べた時に、第二次世界大戦を経験した高齢者たちが一時的にパニック状態になった。こうしたことを踏まえ、『朝日新聞』は情報や言論統制、弱者の犠牲など、擬似的な「戦時」状態がもたらす危険性を指摘し、「複雑な現実を勇ましい言葉で覆ったり、緊張を高めて分断を深めたりしてはならない」「ひとびとの生命と暮らしを守る確かな行動を促すため、冷静に考え抜かれた言葉こそ、政治家に求められる」と論じた。[2] 一方、日本では原爆の被爆者がコロナと戦争と「どこか似ている」と感じ、「コロナ」の話題に敏感に反応したり、進んでマスクを着用したりしたことも報道されている。[3] さらに、コロナ禍が長期化している中、シリアやイエメン、パレスチナ、アフガニスタン、ナゴルノ・カラバフ、エチオピア・ディグレ州、スーダン、ミャンマーなど、実際に戦争／紛争とコロナ禍の二重的危機に直面している地域も少なくない。

地域のみならず、世代、階層、ジェンダーなどによって、「戦争」と「疫病」との距離感、関係性が全く異なるものであり、おそらく「戦争」を用いた全ての表現に対して、共通した道徳基準で判定することはできないだろう。

だが、角度を変えて考えると、疫病を論じる時につい戦争の話が引き出されるのは、「人間と集団との関係はどうあるべきか」という根本的な問いがそこに横たわっているからではないか。感染症というウイルスが集団的に広がっていく事象の前に、人間は選択の余地もなく集団の中に巻き込まれ、集団の不条理や暴力性に晒されながらも、集団に依存してゆくことしかできないのだということを、われわれは今痛感している。

集団的な「病」、その中で起きた人間と集団との拮抗と依存、実はこれが閻連科の文学世界に通底するテーマでもある。

閻連科のほとんどの小説は、中国河南省のある辺鄙な村を虚構の舞台とし、閉鎖的な村社会の中で起きた非現実的かつ非合理的で、しかし同時に現実社会を照射する荒唐無稽な物語を描いている。『日光流年』(4)に登場するのは、誰でも三〇代後半になると必ず喉の病気になり急死する村である。外部から綺麗な水を取りいれれば、病気を癒やすことができると確信する村長は、村人全員を動員し用水路の建設に取り掛かる。資金作りのために、村の男たちが町の皮膚病院に出かけ、両足の皮膚を一部分ずつ提供し償金を稼ぎ、未婚の若い女が都会に出て売春をするという壮絶なストーリーが展開していく。『愉楽』(5)は、なんらかの身体的障害を抱える人たちを収容し、社会から遠ざかりながら自給自足の農業社会を何百年間も持続してきた村の話である。村の唯一の「完全人」(障害を持たない「健全者」)で村長に着任した男は、村おこしのためにロシアからレーニンの遺体を購入し、レーニン記念館を設立することを発案する。そのために、村長は村人を率いて中国全土を回り、「つんぼの耳元の爆竹」「片目の糸通し」「びっこの競走」といった大道芸を披露し、莫大な資産を蓄積するが、村人が金銭と都会生活に目覚めるのと同時に、かつてユートピアだった村も崩壊の道を辿り始める。『丁庄の夢』(6)は、中国で実際にあったエイズ村のことを踏まえた話である。急進的な経済発展のために、村人たちは組織的な売血に参加し、一時的に生活が改善されたが、劣悪な衛生環境のために多くの村人がエイズに感染し、十年後に集団的に発症する。かつて暴利を貪った血液ブローカーは、今度は棺桶屋となり、政府からただで支給された棺を高値で村人たちに売る——中国人は、埋葬という死後の世界へ渡りゆく儀式を何よりも重視しているからだ。

このように閻連科は、集団的な「病」を抱える村社会の内部に視点を置き、論理的には到底説明できない暴力性と非合理性を炙り出してきた。非現実的な世界でありながら、耐えられないほどのリアルな窒息感を覚える読者は、私だけではあるまい。

作品にそうしたリアリティを持たせたのは、閻連科自身の長い集団生活の経験である。村社会で生まれ育ち、「個人」としての楽しみ一つもない、極めて貧しい生活から逃れるために、閻連科が選んだのは人民解放軍の服役だった。軍隊に所属する間に文学の世界に耽り、やがて作家としてデビューする。しかし、軍人の欲望や組織の内部にある不条理を描いたことによって、やがて軍隊から追い出されてしまう。閻連科にとって、村社会も軍隊も単に「集団性」や

「暴力性」といった言葉では言い表せないものだろう。そうした共同体にどう依拠し、衝突しながら自らの人格を形成してきたかについて、作家は繰り返して語ってきた。上記いくつかの作品に描かれた「病」は、人間の集団に内包される構造的な病理に対する隠喩でもあるといえよう。コロナ禍の時代を生き、ソーシャル・ディスタンスを保持する反面、「病」を共有するという意味で、我々はどの時代よりも他者と集団と深く結び付いている。かつて人間社会で起きた様々な戦争は、集団が持つ「精神的な病」の最も端的な象徴である。戦争に対する様々な語りと表象を反芻ことによって、我々はむしろ今日の状況に向き合うヒントを導き出せるのではないかと考える。

いろいろな意味で閻連科と比較できる作家、『武漢日記』[7]の著者・方方についても、ここで言及しておきたい。一九五五年に南京市で生まれた方方は、一九五八年生まれの閻連科とは同世代である。一九五七年以降にずっと武漢で暮らし、都会育ちではあるが、文化大革命中に運輸合作社（物流協同組合）で肉体労働に従事したなど、社会の底層をよく経験し、作家になってからは社会の中の弱者を描き続けた。その意味でも閻連科との共通点が見られる。しかし、虚構的で奇想天外な物語を展開する閻とは対照的で、方方の文学世界はいたって理知的であり、抑えきれない怒りを表す際にも根底にある冷静さを失わないのが特徴である。

二〇二〇年一月二五日、新型コロナウイルスが猛威を振るう中、武漢はロックダウンを宣言した。二ヶ月間家にこもり、独居生活を送った方方は、飲食起居などの日常生活を綴りながら、ネットや友人との電話などで得た情報を整理し、武漢のパンデミックの状況を独自に日記として記録した。ネット上から飛び込んでくる様々な言葉の暴力に晒されながらも、方方は二か月間毎日零時にその日記をブログに上げ、そこで待ち受けていた読者たちはすぐ保存するなり転載するなりして、ネット検閲が行われる中でも、日記が中国国内のみならず、世界中の中国語読者に広く読まれるように連携プレイを行った。あふれ出てくる新型コロナの情報を冷静に受け止め、現実をしっかり見つめ分析する方方の論理的な言葉、およびその言葉から滲み出ている当事者とりわけ死者への情け深さは、疫病の恐怖の中に置かれた読者にとって大きな慰めと励ましになった。その意味では、方方は身をもって「文学者は無力ではない」ということを証明している。

もし閻連科の文学が、人間を集団的な死に追い込む不条理な権力構造に対する痛烈な訴えだとすれば、方方の文学はそうした一人一人の「死」を見つめ、また死後の在り方を問うものだといえよう。『武漢日記』の中で方方は、ある少女が母の遺体を運ぶ霊柩車を追いかけて泣き叫ぶ映像を見て、「生よりも死を重んじる文化伝統を持つ中国において、このような事案は子供たちの心に大きな痛みを与えると思う」「わずかな時代の塵でも、それが個人の頭に積もれば山になる」とやるせない思いを表しながらも、その後「私たちは病人を助けることができない。自分が直面しているすべてを受け止めるしかない。もし余力があれば、他人の重荷を一緒に引き受けよう」と結ぶ。また、遺品となるスマートフォンの山を今後なんとか整理し、個々の生きた証として残せないかという提案をした。つい死者を数字とグラフで語られてしまいやすい、そして政府の対策や国家間のせめぎ合いといった大きな枠組みで議論されがちなパンデミックにおいて、方方はあくまでも個々の死者に目を向け、その一人一人の「生きた証」を問いかけてきた。

こうした死者への意識は、方方の小説『軟埋』(8)など以前の作品にも鮮明に現れていた。「軟埋」とは、棺に入れず、遺体をそのまま土の中に葬るという埋葬の仕方を指す言葉である。『軟埋』は、歳の老いた女性主人公が、かつて落水事故によって全て失った二〇代以前の記憶を、人生の終盤において徐々に思い出す物語である。溺水状態から命を助けてくれた医師と結婚し、平凡な主婦として一生を送った彼女は、自身はかつて地主家庭の娘であり、同じ地方の名士で一大地主家庭の息子と結婚し、幼児を一人育てていたことを思い出す。そして一九五二年のある晩、これからやってくる革命の嵐を知らされ、家族全員が庭に集まり、それぞれ自身の墓穴を掘り、毒を呑んで自殺し、彼女はその一つ一つの遺体を土に埋めてから幼児を抱えて脱出したが、予期せぬ落水事故が起き、子供も失い、彼女自身の全ての記憶、いわば生きた歴史も失ったのである。一九四九年に社会主義体制の新中国が成立してから、私有地を国家の公有財産として回収するという「土地改革」が行われたが、「改革」が各地方で実施される中、やがて「貧農」「中農」と名乗る者たちによる暴力運動に展開していった。地主家庭の財産（女や子供を含む）を強奪し分け合い、地主やその家族に残酷な私刑を加え、死に至らしめることも珍しくなかった。

小説『軟埋』における死者たちは、耐えられない私刑を受けることを予知し、そうなる前に自ら死を選んだのである。切羽詰まった状況のなかで行われた、棺のない埋葬。作中人物たちは、それが永遠に「転生」できないことだと理解し、受け入れた。瀬邊啓子によれば、この設定は作中人物たちが「転生」しないまま自ら歴史の中に消えていくことを選んだことを意味すると同時に、生きている人間が過去の記憶を意識的に封印し、あえて歴史の忘却を選ぶことをも意味する。方方の記録そのものが、現代中国の歴史感覚へのアンチテーゼとして捉えられる。[9]

『軟埋』の梗概を読むだけでも、時代の大きく揺れ動く中、国家権力に乗っかり横行する群衆の暴力性、そして死者の存在そのものを消し去ってしまう歴史の暴力性に戦慄を覚えるはずだ。作者の方方が主人公の口を通して発した「我不要軟埋！」（棺のない埋葬はいや！）という一言も、またコロナ禍の中で葬られた死者たちの声として響いてくるのではないだろうか。

注

（1）孫軍悦『現代中国と日本文学の翻訳――テクストと社会の相互形成史』（青弓社、二〇二一年）
（2）社説「対コロナ「戦争」の例えは適切か」（『朝日新聞』二〇二〇年五月六日）。
（3）「長崎からの視線　コロナ禍の夏に」（『西日本新聞』二〇二一年四月一九日）。

（4）閻連科『日光流年』（春風文芸出版社、二〇〇四年）。日本語訳はまだない。

（5）閻連科『愉楽』（谷川毅訳、河出書房新社、二〇一四年）。原著は『受活』（北京十月文芸出版社、二〇〇九年）。

（6）閻連科『丁庄の夢　中国エイズ村奇談』（谷川毅訳、河出書房新社、二〇〇七年）。原著は『丁庄夢』（上海文芸出版社、二〇〇六年）。

（7）方方『武漢日記　封鎖下60日の魂の記録』（飯塚容・渡辺新一訳、河出書房新社、二〇二〇年）。英語版は *Wuhan Diary: Dispatches From a Quarantined City*, translated by Michael Berry, Harper Via, 2020.

（8）方方『軟埋』（人民文学出版社、二〇一六年）。この小説は中国で発禁となったが、繁体字版『軟埋』（民國歷史文化學社、二〇一九年）は台湾で刊行された。ほかに、フランス語にも翻訳されている。Fang Fang, *Funérailles Molles*, translated by Brigitte Duzan, assisted by Zhang Xiaoqiu. The Asiatheque, 2019.

（9）瀬邊啓子「方方「軟埋」における〝軟埋〟」（『人文学研究の諸相　佛教大学・中国社会科学院文学研究所国際シンポジウム論集』佛教大学研究推進部、二〇一九年一二月）。

（本論は、中国文芸研究会会報（第四七二・四七三合併号、二〇二一・三・二八発行）に掲載されたものを修正・加筆したものである）

疫病をふりかえる

人喰い鬼と疫病神
——「大正」を襲った「流行感冒《インフルエンザ》」

島村　輝

はじめに——「鬼滅の刃」ブームと「大正」時代

「人喰い鬼」が世界を闊歩している——。コミックス／アニメの世界の話ではない。新型コロナウイルスによる感染症の流行は終息に向かうどころか、地球規模で過去最高の新規感染者数を更新する勢いであり、いったん小康状態の様相を見せたこの日本でも、「第四波」と言われる猛烈な再拡大を、いかに収束に転じるかというギリギリの状態にある（令和三年（二〇二一）四月二二日現在）。

つい一年半ほど前、多くの人々にとって、この「文明社会」で、前世紀の遺物のような感染症の大流行が発生するといったことは、考えにも浮かばなかったはずだ。ところがこのウイルスが瞬く間に世界中に拡散する中で、当然のように「文明社会」を下支えしてきたシステムの綻びが白日の下にさらされることとなった。直接の医療領域にとどまらず、生産、交通など、様々な分野で、これまで当たり前に執り行われてきた仕組みが、その前提から突き動かされるような事態が次から次へと発生し、そうした事柄への決定的に有効な対処法は、誰にも見いだせていないというのが現状だろう。これを逆の面から考えてみるならば、「文明社会」がすでに克服したものとして、そのシステムの下に抑圧してきた矛盾や欠陥が、この感染症という、誰にも有効な対処法が判らぬ「人喰い鬼」の蔓延によって明るみにだされたのだ、ともいえよう。

ちょうど今から一〇〇年ほど前、日本では「大正」という年号で括られる時代の只中にも、大きな感染症のパンデミックが世界を席巻した。世に謂う「スペイン風邪」。大正七年（一九一八）から八年にかけての第一次流行、大正八年から九年にかけての第二次流行を合わせて、世界的には死者数三千万ないし五千万、日本国内だけでも罹患者二千四百万人、三十八万数千とも[1]、五十万近く[2]ともいわれる犠牲者を出した。ウイルスというものの存在さえ確証されていなかった当時、その疫病の原因は何か、何がもたらすものなのかをはっきりと見極めることができた者は、世界に誰一人としていなかった。まさに「神のみぞ知る」という状態だったのである。

「スペイン風邪」による日本国内での著名な犠牲者としては、竹田宮恒久王、末松謙澄、辰野金吾ら、そして文学の分野からは島村抱月の名を挙げることができる。抱月の死去は、特に関係者たちに大きな衝撃をもたらし、パートナーであった女優・松井須磨子の自死をも引き起こしたとされる、大きな事件となった。

しかしこと小説の分野に限っていえば、この「スペイン風邪」が直接に取り込まれた作品の数は少ない。武者小路実篤の「愛と死」[3]は、その数少ない実作例の一つである。婚約者を日本に置いてヨーロッパに出かけた主人公が、帰途香港で彼女のインフルエンザによる急死を知らされて慟哭するという仕立てによるこの作品が発表されたのは、しかし当の疾病の流行からは二〇年も後のことである。より最近の作品としては、宮尾登美子の「櫂」[4]において、主人公の岩伍が、流行の最中悲惨な状況に陥った貧困層の人々を救おうと奔走する姿が描かれているが、これも半世紀以上経ったところでの作品化であり、インフルエンザそのものは長編物語の中の一エピソードに過ぎない。

そうした中、流行の最中にあるこの「スペイン風邪」をいち早く小説の素材として採り上げた作家に、志賀直哉、そして菊池寛の名を挙げることができる。志賀の「流行感冒」（『白樺』一九一九年四月号、初出時タイトルは「流行感冒と石」）については本章の後半で改めて論じるが、当作と並んで「十一月三日午後のこと」（『新潮』一九一九年一月号）が「スペイン風邪」の流行と深く関わった事件を扱っていること、また菊池寛に「マスク」（一九二〇年七月発表、『改造』第二巻第七号）、という興味深い作品があることを、大和田茂は最近の研究成果として明らかにしている[5]。

小説ではないが、与謝野晶子が『横濱貿易新聞』（一九一八年一一月一〇日）に「感冒の床から」を発表して時の為政者の緩慢な対応ぶりを批判したことなど、文学者たちによるこの流行病への反応ぶりも、今回のコロナ禍を契機として、改めて洗い出しが行われている。「感冒の床から」には、同年に発生した「米騒動」のことも触れられており、晶子にあっては、こうした疫病の流行が社会の動向と関連付けて考えられたことも、見逃すべきではない点の一つだろう。

疫病の流行と社会の動向という視点から見るとき、今日のコロナ禍のもとにあって、「社会的現象」といっても良いようなブームを巻き起こしているのが、「大正」時代を背景に「人喰い鬼」退治をテーマとするコミックス／アニメ作品「鬼滅の刃」[6]であることもまた、やはりその関連の中で読み解いていく可能性を、強く示唆しているとはいえないであろうか。もともとは少年向けの雑誌に連載されたコミックスとはいえ、TVアニメ化、劇場映画化を通じて広くメディアの反応を呼び起こしているという現象の陰に、「スペイン風邪」が流行した一〇〇年前の「大正」時代の文化的表象と、「新型コロナウイルス」が拡大する現代の文化的表象とを、二重写しにして読み取ることができはしないか。できるとするならばそれはどのような点においてそうできるというのか。本章では一〇〇年前の疫病＝「スペイン風邪」をめぐる二人の文学者の表現行為を精査することを通じて、上述の論点に迫ってみたいと考える。

一　宮澤賢治の描いた「鬼」――「ひかりの素足」

「鬼滅の刃」は、時代を「大正」年間に設定し、父の没後、その跡を継いで炭焼き行商を生業として暮らす少年・竈門炭治郎の一家が、彼の留守中に「人喰い鬼」に襲われて全滅、唯一生き残った妹の禰豆子も鬼と化してしまうというところを発端とする。そしてこの伝奇ストーリーの全編が、鬼と化した妹を何とかして人間に戻し、平穏な生活を取り戻そうとする兄の戦いと、その戦いの最中で確認・強化される兄妹の絆というモチーフによって貫かれている。

「人喰い鬼」に襲われ、その血液を体内に取り込むことによって自らも鬼となる、とされるこの設定自体が、疫病＝感染症の発生メカニズムと類似していることは、ネット上でのコミックス批評でも話題となってきたところだ。(7) そこから、重い感染症に襲われて日常生活を営めなくなった妹に対する、兄の献身的な介護支援というテーマに焦点を絞って文学史上の事跡を尋ねてみれば、やはり「大正」年間、先述した「スペイン風邪」関連とみられる症状によって学生生活を断念し、入院療養に専念しなければならなかった妹・トシのために、花巻から上京し、東京で起居して身辺の世話を行った宮澤賢治のエピソードが思い浮かぶ。

宮澤トシは、上京して日本女子大学校在学中の大正七年（一九一八）一一月初旬に「スペイン風邪」で暫し臥床した後、その後遺症とも考えられる症状から発熱して同年一二月二〇日に東大附属病院分院（永楽病院）に入院した。急な知らせに母・イチと賢治が駆けつけ、翌年一月一五日に母が花巻に戻った後は、賢治が一人でトシの入院生活を支えることとなった。二月下旬に退院となるまで、約二か月間に及ぶ闘病生活を経て、三月三日、賢治、再上京していたイチらに付き添われて花巻に戻ることとなる。三月末には卒業の予定だったところであり、卒業式に出席することは叶わなかったが、日本女子大学校から卒業を認定され、卒業証書の交付を受けている[8]。

賢治はトシの病状を事細かに観察、記録して父・政次郎に宛てて逐一報告しており、その様子は現在『新校本宮澤賢治全集』第一五巻（一九九五年、筑摩書房）に収録された書簡からつぶさにたどることができる。着京して最初の、一二月二七日付政次郎宛書簡には、病床でのトシの様子や発熱の状況、医師と面会して、発熱の状況からチブスの疑いがあるが、チブス菌の反応はないとの報告を得た等のことが記され、二九日付では専門医の所見として「チブス菌は検出せられざりしも熱型によれば全くチブスなり。気管支より上部に病状あること。則ち肺炎なること。之は断言し得」とされたことが書かれている。明けて一月四日付書簡では、トシの病が腸チブスではなく「割合に頑固なる（医師は悪性なると申し候へども単に治療に長時を要する意味に御座候。）インフルエンザ、及肺尖の浸潤（加多児に至らざる軽異常）によるものにて」と、改めての診断を受けたことを報告している。

ここで賢治に対し、トシの病状についての所見を述べた専門医として「二木博士」の名が先の両書簡に現れる。「二木博士」の名はその後も一月七日、二二日、二三日、二五日、二九日、二月五日付の報告にも登場し、この人物が賢治から絶大な信頼を寄せられる対象であったことが示されている。ではこの「二木博士」とは、どのような人物だったのであろうか。

二木謙三（明治六年～昭和四一年（一八七三～一九六六））は、長きにわたって感染症学の分野を中心に多大な業績を収めた、医師・細菌学者である。若くしてコレラの病原菌研究の分野で大きな発見をしていた二木は、ドイツ留学を経て帰国後、国立伝染病研究所、東京市立駒込病院で要職に就きながら、東大助教授として東大附属病院分院の内科科長なども兼務するなど多忙な日々を送り、すでに国内の感染症分野において高い声望を勝ち得た存在だった。トシが入院した「永楽病院」とは、この東大附属病院分院の別名に他ならない。「二木博士」に賢治がたびたび言及しているのには、彼のこうした評判が知れ渡っていたという背景がある。

その二木には、感染症の臨床医師として忘れることのできない、若き日の体験があった。明治三五年（一九〇二）一二月二四日、東京市本所区押上町にあった東京瓦斯紡績会社で「ペスト」疑似患者二名が発生との報が、当時二木が勤務していた東京市立駒込病院にもたらされた。「ペストの発生に備えた体制づくり」を指示されていた駒込病院では、これに基づき、横田利三郎、二木謙三、大滝潤家の三人の医師を中心にプロジェクトチームを編成、患者が発生したら、閉鎖している本所病院に隔離することなどを決めていた。翌二五日、東京市役所から患者を本所病院に収容するとの決定が伝わり、横田はそこで対応を行うこととなった。年明け早々の一月七日、二木もまた本所病院に配属されることとなったが、そこで悲劇は起こった。

二木着任の二日前、「一月五日に入院した女工員の一人に対して患部の切開手術を施していた横田に、切断した血管から血液が飛散し、たまたま湿気で曇ったために予防眼鏡をはずした顔面に跳ねかかったのである。入念に消毒したにもかかわらず目に飛び込んだペスト菌のために二日後の一月七日から発熱（中略）、病院あげての看護もむなしく一月十四日午後三時遂に息を引き取った。享年三十歳であった」[9]という事件が発生したのである。横田の葬儀は東大が大学葬をもって報いた。また、東大の級友らが胸像を造って、霊を慰めたが、その銘文は二木が書いた[10]。

この事件が「患者の血液が体内に取り込まれたことによって自らも感染し、死に至る」という、感染症伝染の典型的な事例であり、「鬼滅の刃」に描かれた「鬼の血液が体内に取り込まれたことによって自らも「人喰い鬼」となる」というメカニズムと同一であることは、再説するまでもないであろう。

こうした痛切な体験を経ながら、感染症研究に打ち込み、後に文化勲章を受けるほどの業績を上げた二木であるが、その二木にはもう一つ、通俗的な健康法としての「二木式呼吸法」の創始者としての顔がある。時はまさに「大正」時代、当時流行した数々の通俗健康法のうち、「岡田式静座法」（岡田虎二郎）、「藤田式息心調和道」（藤田霊斎）と並んで「三大健康法」として注目されたのが二木謙三の提唱する「二木式腹式呼吸法」であった。

宮澤賢治、トシの兄妹もまた、こうした「通俗的健康法」を体験した事実がある。賢治が盛岡中学四年に在学中の大正元年（一九一二）一一月三日付、父・政次郎宛の書簡に、次のように記されている。

又今夜佐々木電眼氏をとひ明日より一円を出して静座法指導の約束を得て帰り申し候　佐々木氏は島津《原文ママ》大等師あたりとも交際致しずいぶん確実なる人物にて候。静座と称するもの丶極妙は仏教の最後の目的とも一致するものなりと説かれ小生も聞き囓り読みかじりの仏教を以て大に横やりを入れ申し候へどもいかにも真理なるやう存じ申し候。（御笑ひ下さるな）もし今日実見候やうの静座を小生が今度の冬休み迄になし得るやうになり候はゞ必ずや皆様を益する一円二円のことにてはこれなしと存じ候　小生の筋骨もし鉄よりも堅く疾病もなく煩悶もなく候はゞ下手くさく体操などをするよりよっぽどの親孝行と存じ申し候。

そして翌日のハガキでは、

謹啓　昨日の手紙の通り本日電眼氏の指導の下に静座仕り候ところ四十分にて全身の筋肉の自動的活動を来し今後二ヶ月もたゝば充分卒業冬休みに御指導申す決して難事ならずと存じ候　まずは御報知まで　　草々　敬具

と、意気揚々たる報告を行った。賢治の電眼への肩入れはさらにエスカレートし、その冬、電眼を花巻の自宅に連れて来て、トシと父に「静座法」の指導を受けさせるまでに到った。弟・宮澤清六は、その件について次のように記している。

電眼の暗示に誘導されて、姉のとしは見るまに催眠状態になったが、父は電眼が長い時間汗を流して懸命に努力したのであったが、いつまで経っても平気で笑っていたので、遂に電眼はあきらめて、雑煮餅を十数杯平らげて、山猫博士のように退散したのであった(11)。

佐々木電眼もまた「静座法」を謳った「通俗健康法」の唱道者の一人であり、そうしたメソッドが様々な提唱者によって、日本の隅々にまで広がっていたことがわかる。「二木式腹式呼吸法」は、そのような「通俗健康法」の中でも、名声の高い医学者によるものとして、広く受け入れられていた。二木の「腹式呼吸法」は、彼が十代の学生の頃に接した平田篤胤の『志都乃石屋《しずのいわや》』に発想を得たものであることを、二木自身が明かしている(12)。二木の述べる所によれば、この「腹式呼吸」は身体の健康とともに精神状態をも向上させるとされ、「動の呼吸」と「静の呼吸」の二通りを習得して後、両者が混然となった境地となれば、

この腹の力は幾らでも強くなる、又強い程よい、腹が固くなつて板の様になるかうなる（博士自ら呼吸を入れたる腹を打ち乍ら）と、二時間でも、三時間でも、否白隠禅師は終日読み、終日書き、終日話しても倦むことはないと云はれた、〔…〕

と、それが常住坐臥すべての時に及び得るものであることが説かれている。

「鬼滅の刃」においても、「鬼殺隊」剣士たちが鬼と闘う際に用いられるのが、各種の「全集中の呼吸」であること、さらにそれが一時のものではなく、常にそうした状態が持続される「常中」という境地が求められることなど、現実の「大正」時代に流行したこの「呼吸法」に相通じる、或いはこうした各種の「通俗健康法」に取材したとも考えられるような道具立てが用いられている点は、この作品と歴史的背景との関係を考察するにあたって、非常に興味深いものがある。

話を賢治とトシ兄妹の上に戻そう。永楽病院を退院して一度は故郷・花巻に帰り、母校・花巻高等女学校で教壇に立ったこともあったトシだが、やがてこれも感染症である結核が悪化、大正一一年（一九二二）一一月七日、家族に看取られて世を去ることとなった。トシの死去にあたって賢治が深く悲しみ、同日付で「永訣の朝」「松の針」「無声慟哭」が書かれたことは広く知られているところである[13]。詩編ばかりではなく、ファンタジー作品の代表作とされる「銀河鉄道の夜」でも、ジョバンニとカンパネルラの造形にあたって、この死別体験が反映しているのではないかということは、これまでに多くの論に触れられてきた。

雪中で遭難した兄弟のうち、弟・楢夫は死亡、兄・一郎は臨死体験の後生還するという題材を扱った「ひかりの素足」は、この「銀河鉄道の夜」の前駆作品として考えられてきたが、山根知子の指摘[14]によれば、この作品はトシが亡くなる前に書かれたものと想定され、その意味では必ずしも「前駆作」

としてのみ評価するということを前提としなくとも良さそうである。
その「ひかりの素足」には、次のような一節がある。

一郎はみんなと一緒に追はれてあるきながら何べんも楢夫の名を低く呼びました。けれども楢夫はもう一郎のことなどは忘れたやうでした。たゞたびたびおびえるやうにうしろに手をあげながら足の痛さによろめきながら一生けん命歩いてゐるのでした。一郎はこの時はじめて自分たちを追ってゐるものは鬼といふものなこと、又楢夫などに何の悪いことがあってこんなつらい目にあふのかといふことを考へました。そのとき楢夫がたうとう一つの赤い稜のある石につまづいて倒れました。鬼のむちがその小さなからだを切るやうに落ちました。

ここでの鬼は、地獄の獄卒としての「羅刹」の性質を強く持つものと見られ、「人喰い鬼」とはいささか性質を異にするとはいえ、深い絆と愛情に結ばれた肉親を奪い、責め苛む者として「鬼というもの」が登場してきていることは見逃せない。
ここまで観てきたように、「鬼滅の刃」には「大正」という時代設定を媒介として、宮澤賢治の体験し、描いた世界と相通じる要素が多々あることが明らかとなった。「血液感染」による「感染症」=比喩としての「鬼」の出現、兄妹の絆による力の発揮、呼吸法による身体と精神の向上、さらにその背後に賢治が「なめとこ山の熊」をはじめとする作品に描いたような「山人と里人」「里と大都会」の分裂や矛盾といった事柄を、この現代のコミックス／アニメ作品と、近代文学史上異色の表現者との世界の双方に見出すことができるのである。そうであるならば、それらをインデックスとして、現代からこの「大正」という時代を見返すことができるといえるのではないだろうか。このコロナ禍に大ブームとなった「鬼滅の刃」に、一〇〇年前の感染症の記憶が呼び起こされ、重ねられる可能性がある。

一〇〇年前にはまだ残照のあった「人喰い鬼」は、賢治ワールドとパラレルに考えることができる柳田國男の「遠野物語」から「妹の力」にまでいたる「大正」時代の民俗学的発見と記述によって、今日まで伝えられることとなった。同じように、文明化する当時の言説空間に、民俗的「疫病神」も確かにその姿を顕していた。次節では志賀直哉の「流行感冒」のなかに敷き込まれた、民俗伝承を掘り起こしてみよう。

二　志賀直哉と「風乃神」――「流行感冒」

「流行感冒」は「スペイン風邪」第一次流行が一段落に近づいた大正八年（一九一九）四月一日発行の『白樺』第一〇年四月号に「流行感冒と石」というタイトルで発表されたものが初出であることは先述した。初出末尾には「（大正八年三月廿二日）」と執筆年月日が記されている。

この作品に対する自作解説として、志賀は「創作余談」で「事実をありのままに書いた」と記している。その事実については、今日志賀の書簡からも確かめることができる。[15] 大正七年（一九一八）一一月一九日付舟木重雄宛書簡には「僕の家では幸いに今度の流行感冒にはかゝりませんでしたが僕だけ多分流行のではないと思う風邪で少し弱ってゐます　用心してゐます」とあり、これが作中の「石」の芝居見物の夜、「私は前日東京へ行つてゐたのと、少し風邪気だつたので、万一を思ひ、自分だけ裏の六畳に床をとらして置いた」という記述に対応するであろう。翌年一月一日付木下検二宛、八日付武者小路実篤宛のものには東京の九里宅への転居の件が記され、一月一二日付武者小路宛書簡は四谷の住所からの投函、二月三日付木下宛書簡には娘・留女子のハシカの件の記載があり、四月二六日付武者小路宛書簡には「僕達明日我孫子へ帰るつもり」と記されていて、凡そこの間の志賀の実生活上の事実に符合する形でこの小説が書かれていることがわかる。

しかしこの小説の興味深さは、それが「作家・志賀直哉」の生活上の事実に基づいた所謂「私小説」として提示されているというところにあるわけではない。むしろ先の「創作余談」にあるように、「作家・志賀直哉」が自作を顧みたとき、「書く時さういふ事は思はなかつた。出来上つた物を見てさういふ所のあるのに気附いた」という「此の小説の主人公は暴君であるが、手一杯に我儘を振り廻しながら尚常に反省してゐる所があり、大体に於て女中を赦さうといふ意志があり、そしてその機会は逃さず捕へてゐる所」の意味を考えてみる必要があろう。

流行感冒がやってくる前の段階からはもちろん、罹患者が近所に現れてからも、「私」の娘・左枝子の健康に対する心配は、衛生学的・科学的対策に意識を向けるあまり、むしろ過度の神経質や自己満足を求める心情に至っているという面を持ったものであることがわかる。夜芝居見物についての「石」の答えに満足しなかった「私」は「石」に対して不機嫌が露わな態度をとるが、

私は不愉快だつた。如何にも自分が暴君らしかつた。――それより皆から暴君にされたやうな気がして不愉快だった。石は素より、妻や左枝子までが気持の上で自分とは対岸に立つてゐるやうに感ぜられた。いやに気持が白けて暫くは話もなかつた。(16)

誰が聞いても解らず屋の主人である。つまらぬ暴君である。第一自分はさういふ考を前の作物に書きながら、実行ではそのまるで反対の愚をしてゐる。これはどういふ事だ。私は自分にも腹が立つて来た。

とあるように、「暴君」的であることが、むしろ自分の不愉快を昂じさせていくことが自覚されているように記されている。「石」に対する「私」の不愛想な態度は続くのだが、そうこうしている間に、結局家族では最初に「私」が「流行感冒に取り附かれ」ることになり、それは感染から回復した

履歴のある一人の看護婦と「石」を除いて、家の者全員に拡がることとなった。普段はとても気がきくという訳でもなかった「石」が、この時は本当によく働いてくれている様子から、「私」の「石」に対しての見方が変わって行く。

全体あれ程に喧しくいって置きながら、自身輸入して皆に伝染し、暇を出すとさへ云はれた石だけが家の者では無事で皆の世話をしてゐる。石にとつてはこれは痛快でもいい事だ。私は痛快がられても、皮肉をいはれても仕方がなかつた。所が石はそんな気持は気振りにも見せなかつた。

「子供の病気に対する恐怖心は今から思へば少し非常識であつた」「私は此子供の為には病的に病気を恐れてゐた」というその心配は空回りばかりで、流行感冒を持ち込まないように気をつけていたのに自ら持ち込んでしまい、行動が裏目に出てしまっている。自ら騒いで、自ら感染し伝染させているこの「私」はまた、周囲に「不愉快」という気分を感染させた張本人であるとも言える。冒頭の「臆病が染み込んだ」という一節から、最初の子供が死んだことにより、当時「私」の気力が落ち込んでしまっていた状態だったことがわかる。病は気からという諺があるように、「私」の心が「臆病風」に吹かれたことで、「私」自身が「不愉快」の感染源になってしまい、それが周囲にパンデミックを起こしている様子と、空回りで騒いでいる様子が重なっていると考えられる。

「石」が夜芝居に行ったことで「私」の「石」に対する印象は最悪とも言えるものであった。しかし「私」が流行感冒にかかり、そこでの「石」の邪念のない真摯さに向きあったことにより、関係性が良好になり、最終的にまるで本当の家族のようになっていくのである。東京に移ったあと左枝子が麻疹に感染したとわかっても「用心は厳重に」するものの、書簡に「留女子は風邪と一緒にハシカがでたのださうだ、さうときまれば反つて安心だ、此位で済めば反つて幸ひだと思ふ」とあることを参照するとすればむやみに恐がるわけではなく、小説ではその後、そもそもの「流行感冒」騒ぎの発端となった芝居見物に、「石」と「きみ」を揃って出してやってまでいる。

ここまでの運びをみれば、「石」が癒したのは左枝子を主とする家族の流行感冒ばかりではなく、外ならぬ主人である「私」の「臆病風」や「不愉快」な気分をも払拭し、家族の精神的な平穏をも取り戻させたのだといえるのではないだろうか。当初この作品のタイトルが「流行感冒と石」となっていたことは、何よりも「石」の役割の重要性が意識されていたことの証左ではあるまいかとも思われるのである。

古来、疫病は鬼神の祟りとされ、また悪霊や怨霊の仕業ともされた。それらはやがて「疫病神」と呼ばれる神格とされ、さまざまな姿で図像化されることともなった。近代医学の普及以前には、こうした疫病の流行に対して、人々がとることのできた対抗手段は、こうした「疫病神」を追い払い、または調伏するための、民俗的祭事や呪いであった。そうした民俗的「迷信」は、しかし近代化途上にあった「スペイン風邪」流行当時の日本にあっても、完全に払拭されたとはいえなかった。三河の鳳来寺では、大正九年（一九二〇）一月二九日から二月四日まで「悪疫退散祈祷修行」が行われ、参拝者には「悪病除守護札」が配られたという。この例に限らず、各地でもこのような疫病除けの加持祈祷の類が民間に行われたであろうことは想像に難くない。

次に掲げるのは、その大正九年に内務省衛生局によって制作された「スペイン風邪」予防のためのポスターである。図1のものが二月に、図2のものが一二月に、それぞれ数万枚規模で配布されたものであり、現物は色刷り、当時の当局の力の入れ具合の程が分かるような作りである。[17]

この両図には、「風乃神」「疫病がみ」として、「疫病神」の図像化された姿が採用されている。衛

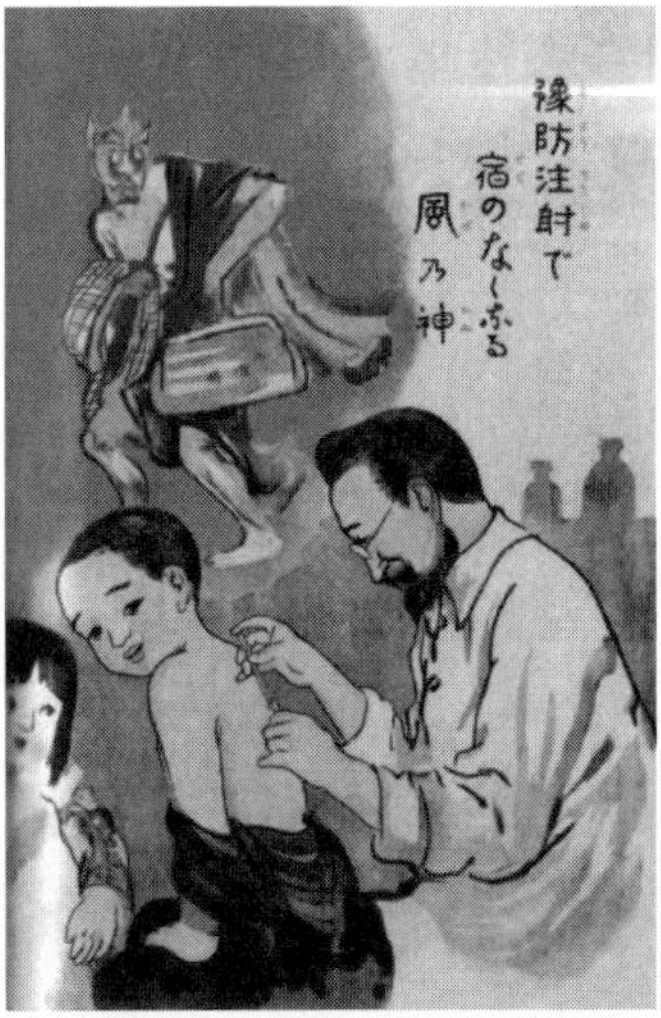

図1

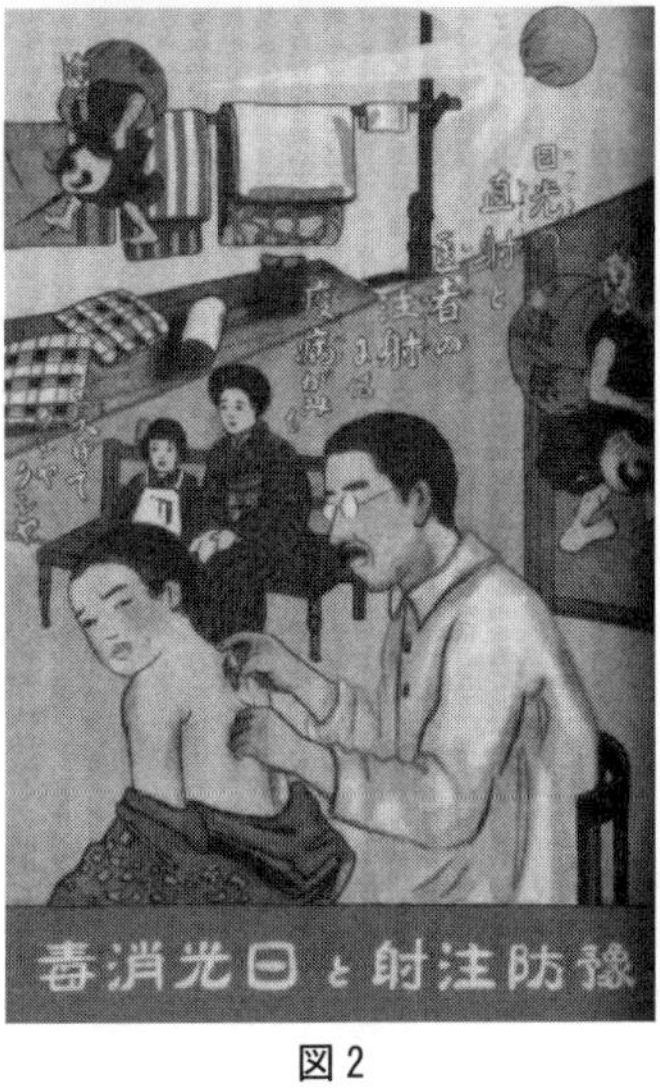

図2

生学、医学上の立場から、国民に流行病の拡大防止と感染した場合の対応を啓発すべき立場にあった内務省衛生局発行のポスターに、こうした「疫病神」があしらわれていたことからは、当時の国民の意識の中に、民俗的「疫病神」という表象が、色濃く残存していたことを示す証左となろう。

「流行感冒」にも、この伝染病を擬人化、神格化している箇所を指摘することができる。

> 流行性の感冒が我孫子の町にもはやって来た。私はそれをどうかして自家に入れないやうにしたいと考へた。

> そしてたうとう流行感冒に取り附かれた。

これらの表現が、慣用的であるにせよ「疫病神」の伝承を言語的背景として持っていることは明らかだ。

「疫病神」を追い払うためには、加持祈祷などの他、さまざまな祭祀や護符が採用されてきたが、その中に旅役者、旅芸人に芸能を行ってもらうというものがある。福岡の「奈多祇園祭[18]」は天明四年（一七八四）、奈多村に疫病と飢饉が襲い、死者が続出した際、村人がこれを鎮めるため、年齢に関係なく氏子全員から金員を徴収して芦屋の歌舞伎を買い、志式神社境内に組立舞台をかけて奉納したのが始まりと伝えられている。祭が開始されて以来、一度も中断されることなく今日まで続いており、現在は、歌舞伎ではなく旅芸人一座を雇っているが、その費用は昔同様、氏子たちがお金を出し合って捻出する形態である。芸能を行う理由、目的は「疫病退散、無病息災」である。山口県光市の「島田人形浄瑠璃芝居[19]」は室町時代のある年、島田川河口の島田庄に疫病が流行した時、農民たちが病気の治まることを祈願するため、胡瓜に串を刺し、それに着物を着せて人形とし、人形浄瑠璃芝居を奉納したところ、疫病が治まってきた。この日が旧暦六月一五日であったので、それ以来、この日に、満月の下で、夜を徹して人形芝居を奉納することが恒例となったと言われている。人形の使い方は、当時、旅芸人などの見様見真似で習得されたものであるとのことだ。

「流行感冒」において、「石」が「私」の不興を買うそもそものきっかけとなったのが、旅役者の芝居興行に出掛けたことであったことは注目に価する。町に出向いた「私」が目にしたのは、公演準備に余念のない地元の若者たちであり、「鎮守神の前で」出会った「五六人の芝居見に行く婆さん連中」であった。「皆の眼中には流行感冒などあるとは思へなかった」とあるように、恒例となっているこの芝居興行が、村人たちにとって地域に活気をもたらし、ケガレを払うものとして位置づけられていたことが想像できるように描かれている。家中でただ一人、この夜芝居の公演に出掛けていったのが「石」だったのである。

結果として「石」はすでに免疫を得ていた看護婦の一人とともに流行感冒に侵されることなく、一家の病中、ぐずる左枝子を夜通しでお守りする役割をこなすことになる。そして後に「私」夫婦は「左枝子の事だと中々本気に心配してゐたね」「さうよ。左枝子は本統に可愛いらしかったわ」と、その果たした役割が「私」が何よりも大事に思っていた左枝子を心にかけ、健康を取り戻すまで十分に面倒を見てくれたことだったのを再認識するにいたっている。

何故家中で「石」一人が流行感冒罹患を免れ、しかも左枝子を病魔から守り抜く役割を果たすことができたのか。その説明が作品の中に明示されることはないし、もとよりそのことを科学的・合理的に説明する根拠など、求めるべくもない。しかしこの作品の背後に民俗的な「疫病神」の姿や「厄払い」の祭事などが見え隠れしていることは、疑いないといえる。[20]

おわりに――「大正」時代の疫病と文学

ここまで「鬼滅の刃」を足掛かりに、宮澤賢治と志賀直哉という二人の文学者の「スペイン風邪」をめぐる営みについて考察してきた。たかだかこれら二つの事例からだけでも、「大正」期が「近代化」のもたらした文明社会の圧力と、民俗的生活の記憶が蓄積されてきた共同体の力とに引き裂かれた、矛盾の只中の時代であったという相を読み取ることができるのではなかろうか。

さらにいえば、「〈近代国民国家〉と〈共同体的社会経済圏〉」、「都市と農村」、「山人と里人」、「有産階級と労働者・農民」といった、複合的な力の作用するカオス的場として、「大正」の年号で括られる時代とその文学的痕跡を捉える視点から文学史の見直しを行うことには、これまでとは異なった視野からの文学的現象の解明と記述に道を開く可能性がありはしないかと思われる。

武者小路実篤は、大正七年（一九一八）、理想的な調和社会、階級闘争の無い世界という理想郷の実現を目指して、宮崎県の山中に村落共同体「新しき村」を建設した。武者小路は農作業をしながら文筆活動を続け、大阪毎日新聞に『友情』を連載するなどの活動をおこなったが、大正一三年（一九二四）に離村し、村に居住せずに会費のみを納める村外会員となった。彼が実際に村民だったのはわずか六年である。

その武者小路の企てを「私はあなたの企てが如何に綿密に思慮され実行されても失敗に終わると思ふものです[21]」と批判した有島武郎は、大正一一年（一九二二）七月、自ら農場を約七〇戸の全小作人たちに無償で解放するが、その後程なくして自死を遂げた。有島没後の大正一三年（一九二四）夏、当時の産業組合法の枠組で、「有限責任狩太共生農団信用利用組合（狩太共生農団）」の設立が認可される。土地や建物、水車などは農団の共有資産であり、組合がこれを経営する。農耕馬の共同放牧なども行われ、各農家は平等な立場で出資金と、利用に応じた経営費を公平に拠出するなどの定款の下に発足したこの「共生農団」も、その後苦しい経営が続いた。芥川龍之介の苦悩と自決の要因の一つとして、深まる社会の矛盾とその解決方法への模索が挙げられるが、これを武者小路や有島の軌跡と背景を同じくするものと捉えることもできるだろう。

柳田國男についても本文中にもふれたが、柳田に雁行しつつ独自の境地を切り拓いた折口信夫らも含めて、「神話」や「伝承」の底に脈々として流れる言語的記憶が「近代」人の感性や生活様式とどのように関わるかといった「民俗学」的観点から、論中に名前を挙げた「近代文学」の作家たちの事跡と表裏をなすものとして、これまでに気付かれにくかったそれらの内的連関を解明することで、新たな方法論的突破口が得られるのではないか。そのような観点を導入することによって、複雑な分裂と矛盾を内在させつつ「スペイン風邪」という「疫病神」に見舞われた「大正」時代と、「新型コロナウイルス感染症」という「人喰い鬼」が跋扈する現代とを繋ぐ糸口が得られるのではないかと、展望する次第である。

本章脱稿後、紅野謙介・金貴粉編『文豪たちのスペイン風邪』（皓星社、二〇二一年二月）が刊行された。ここには本章で触れた志賀直哉、菊池寛、与謝野晶子らの他、佐々木邦、谷崎潤一郎、岸田國士、内田百閒、永井荷風の「スペイン風邪」関連作品とともに、二名の編者による行き届いた解説が付されている。刊行時期の関係により論文中で言及できなかったため、ここに追加して紹介します。

注

（1）内務省衛生局『流行性感冒』、一九二二年。参照書は東洋文庫七七八『流行性感冒――「スペイン風邪」大流行の記録』、平凡社、二〇〇八年。

（2）速水融『日本を襲ったスペイン・インフルエンザ――人類とウイルスの第一次世界戦争』、藤原書店、二〇〇六年。
（3）武者小路実篤『愛と死』、青年書房、一九三九年。
（4）宮尾登美子『櫂』（上・下）、筑摩書房、一九七三～七四年。
（5）大和田茂「志賀直哉のスペイン風邪小説二つ」（『日本古書通信』二〇二〇年七月号）。
（6）コミックス原作は吾峠呼世晴。『週刊少年ジャンプ』、二〇一六年一一号～二〇二〇年二四号。シリーズ累計発行部数は最終巻の単行本第二三巻の発売をもって一億二〇〇〇万部を突破。
　TVアニメとして原作第一巻から第七巻冒頭までの物語を映像化した「竈門炭治郎 立志編」が、二〇一九年四月～九月までTOKYO MXほかにてテレビ放送。

　劇場アニメ『劇場版 鬼滅の刃 無限列車編』は二〇二〇年一〇月一六日に劇場公開。同作は、公開三日間で興行収入四六億円、一〇日間で一〇七億円、二四日間で二〇四億円、五九日間で興収三〇〇億円、公開一六日間で動員数一〇〇〇万人、四五日間で二〇〇〇万人を突破する大ヒットとなり、二〇二一年一月二五日に発表された最新の調査では、公開一〇一日間で動員二六六七万人、興収三六五億円（興行通信社調べ）となっている。
（7）考察師鬼滅の考察さん「上弦の鬼の元ネタは「伝染病」の可能性あり?!鬼ではなく病気と闘っていた説を考察」。https://anicomi.jp/comic/detail/641
（8）山根知子『宮沢賢治　妹トシの拓いた道――「銀河鉄道の夜」へ向かって』、朝文社、二〇〇三年所収「宮沢トシ略年譜」に拠る。
（9）磯貝元編『明治の避病院――駒込病院医局日誌抄』、思文閣出版、一九九九年。

(10)「顕微鏡と玄米と　二木謙三・伝」（『秋田魁新報』、一九八六年一二月二六日）
(11) 宮澤清六「十一月三日の手紙」（『兄のトランク』、筑摩書房一九八七年）
(12) 二木謙三・述　体力養成叢書第二編『腹式呼吸』、文星堂／新橋堂、一九一一年。
(13) これらの詩篇に示された賢治とトシの感情の交錯については、拙論「「無声慟哭」「永訣の朝」「松の針」」（『国文学　解釈と鑑賞』第六〇巻第九号、一九九五年九月）において考察を行った。
(14) 注8に同じ。
(15)『志賀直哉全集』第一七巻「書簡（一）」、岩波書店、二〇〇〇年。
(16) 作品本文引用は『志賀直哉全集』第三巻「城の崎にて　和解」、岩波書店、一九九九年に拠る。以下同様。
(17) 出典は注1に同じ。
(18) ふくおか民俗芸能ライブラリー「奈多祇園祭」
http://www.fsg.pref.fukuoka.jp/e_mingei/detail.asp?id=2-10
(19) 山口県の文化財「島田人形浄瑠璃芝居」。
http://bunkazai.pref.yamaguchi.lg.jp/bunkazai/detail.asp?mid=60001&pid=gs_4_t_n
(20) 何故家中で「石」一人が流行感冒罹患を免れ、しかも左枝子を病魔から守り抜く役割を果たすことができたのか、その神話的背景については、拙論「神様の小説――作家・志賀直哉の深層」（『國語と國文学』、二〇二〇年九月号）において考察を加えた。題材の性質上、本章は上記拙論と一部論旨を同じくするところがある。
(21) 有島武郎「武者小路兄へ」（『中央公論』一九一八年七月号）

伝記にみる医師とコレラ

榊原千鶴

「明治初期愛知県立公立病院外科手術の図」(名古屋大学附属図書館医学部分館所蔵　デジタルアーカイブにて公開中)。ローレツの依頼によって描かれた。中央で執刀しているのが後藤新平、左端がローレツ

一　幕末のコレラ

慶応元年(一八六五)、医師の子に生まれた富士川游《ふじかわゆう》は、幼い頃より古い医書に親しんでいたという。先人たちはいかに疫病と向き合い、たたかってきたのか。医師とはいかなる仕事なのか。医学と歴史を結びつけようとした彼が、博捜の末に『日本疫病史』を著したのは、明治四五年(一九一二)のことであった。

同書冒頭の「年表」によれば、日本における伝染病の記録は七世紀に遡る。資料からは、医師たちが症状を正確に捉え、注意深い観察によって、たとえば隔離は有効な予防策との認識に至っていたことがわかる。そうした営々とした素地があればこそ、明治以後の急速な西欧医学の摂取も可能であった。

『日本疫病史』によれば、コレラが日本で初めて流行したのは文政五年（一八二二）である。森鷗外の史伝で知られる渋江抽斎も、この年コレラに罹患して亡くなった。弘前藩侍医の子に生まれ、伊沢蘭軒から医学を学んだ渋江は、幕府管轄の医学校の講師だった。鷗外のことばを借りれば、帝国大学医科大学の教職にあったことになる。

いっぽう鷗外にとって、同書連載開始の大正五年（一九一六）は、陸軍省医務局長を退いた時期にあたる。『渋江抽斎』は、抽斎の末子の証言と、詳細な参考資料を得ることで成ったといえる。もちろん、資料を的確に配し、時代と、そこに生きた人間を俯瞰する力が必要なことは言うまでもない。

『日本疫病史』がコレラの第二流行とするのは、第一次から三六年後の安政五年（一八五八）である。流行は第一次よりも広範で、病勢も激しかった。同書には、長崎の状況を記した「和蘭医官ポンペ・ヴァン・メールデルヴォールトが長崎奉行所に上りたる書」や松本順「朋百口授筆記」も引かれている。

松本順、当時は良順と名乗っていた松本は、蘭方医で日本初の私立病院である順天堂を開設した佐藤泰然の次男である。幕府奥医師であった松本良甫の養子となり、長崎に留学してポンペのもとで蘭医学を学んだ。良順の自伝『蘭《らん》疇《ちゅう》自伝』には、コレラに関する講義を受けた直後に、コレラに罹患した自身の病状と、快復の経緯が記されている。

良順は快復後、ポムペとともに治療法を考え、ポムペが命じた水薬と散薬をもってコレラの治療にあたった。施療の費用は、長崎奉行と良順がそれぞれ金百円を出し、市中の開業医一〇名と、医学伝習所の生徒一〇名を隔日の当直とし、昼夜の診療を分担させること三〇日にして、ようやく流行は止んだという。自伝には、医師と行政官である奉行との緊密な連携に加えて、市井の人々の協力があったことが記されている。

この時市中より金を納むる者あり、人足を出だす者あり、薬品を献ずる者あり。事終りて後その費用を精算するに、当直医の報酬その他一切の費用を支弁し、献納の薬品にして不用となりたる者を沽却して不足を補いしかば、順の費せしところは初め出金せし外わずかに十円余に過ぎざりし。然るに治療上において経験を得、学術を進めしこと莫大にして、その価値知るべからず。奉行岡部駿河守もその所置の宜しきを得たるを歓び、大いに賞したり。

（松本順『蘭疇自伝』「崎陽の蘭疇」）

犠牲者は出た。けれど良順は、この経験が次につながることを確信し、医学の進歩に希望を見ていた。

良順や、同じくポンペに学んだ司馬凌海、順天堂出身の関寛斎といった幕末の蘭医を描く歴史小説が、司馬遼太郎『胡蝶の夢』である。良順の自伝も素材として司馬が描いたのは、コレラの流行を前にして、病人を救うのは医師の義務であるという信念のもと、患者の身分を問うことなく治療を断行しようとしたポンペと、その姿に心揺さぶられる良順ら日本の医師の姿である。西欧の学問や技術は、それのみで取り入れられるものではない。医療を介した西欧思想への近接が、身分制の否定、さらには幕藩体制の瓦解に及ぶことを、それは示唆した。

二　後藤新平と疫病

ところで、コレラ第二次流行の前年にあたる安政四年（一八五七）、岩手に生まれたのが、医師で官僚、政治家となった後藤新平である。後藤は明治九年（一八七六）愛知県病院に着任する。後藤にとって、同院附属の医学校でオーストリアの医師ローレッツの指導が受けられること、語学の天才と謳われた司馬凌海の講義が受けられることは大きな魅力だった。

この、百年先を見据え、時代を切り拓いた人物と称される後藤の伝記を書いたのは、後藤の女婿で、自身も官僚、政治家であった鶴見祐輔である。

鶴見は伝記『後藤新平』で、たとえば愛知県病院と医学校の沿革は、明治一三年（一八八〇）、後藤が院校長時代に編纂させた報告がほとんど唯一の資料だとして、以下を引く。

凡そ一官衙《かんが》、或は一社会あらば、則ち其計画の成廃得失を摘彙し、既成の事績を堙滅に帰せしめず、不朽に伝え、且つ其未成の方策を掲載し、以て汎く公衆に示し、而して将来の針路を定め、毎年の進捗と比較するは是れ事務上実に欠く可からざる者にして、則ち年報の無かる可からざる所以なり。

（『後藤新平　1　医者時代』）

それは、記録することの意味、記録を積み重ねていくことの重要性を説くものであり、ときに「調査狂」とも言われた後藤の、事に当たる姿勢を端的に表している。

鶴見は、『後藤新平』「編著者の詞」で、彼なりに「史伝」を次のように定義した。

余は最近三十年、世界に起こりきたりしいわゆる新史伝の愛好者である。すなわち新史伝は、主人公の人格発展を描写することを主眼とし、外界の事件と現象とを中心として取り扱わない。しかしながら史伝たるがゆえに材料はことごとく事実でなければならない。この点において史伝は科学である。しかれども、同時に史伝にして年代記にあらざるがゆえに、あくまでも伝中の主人公の人間としての姿を見失ってはならない。その人間を紙上に再現することが新史伝の目標である。ゆえにこの観点よりすれば史伝は文学である。（『後藤新平』1）

膨大な資料、知己や友人による証言を精査、取捨選択し、「後藤新平」という人間を紙上に甦らせる。この作業に挑んだ鶴見が、後藤にとってその才能を発揮する絶好の機会だったと位置づけたのが、凱旋兵への疫病対策だった。

後藤は人生で二度、コレラと対峙している。初回は、明治一〇年（一八七七）西南戦争時である。このとき後藤は、傷病兵を収容する大阪陸軍臨時病院の雇医であった。後藤はここで、院長であった石黒忠悳《ただのり》と初めて出会う。石黒は後藤にとっての伯楽、以後、長きにわたって支援者となる人物である。

九月末、神戸から同院に、凱旋兵三〇〇名がコレラを発症したとの報が届いた。上海で流行していたコレラが長崎に伝染し、鹿児島に波及したのである。しかも意気盛んな凱旋軍は、医官の制止をきかず、検疫規則を守ることなく上陸したため、感染が拡大した。

後藤は、京都東福寺に設けられた陸軍格列羅《コレラ》避病院で治療にあたる。陸軍事務所が急ぎ三つの規則を決定、実施したことで、一一月には終息させることができたものの、大阪陸軍臨時病院所轄だけで、発病者一、〇一八名のうち五〇二名が亡くなった。検疫制度の不備と、権限の不足が最大の原因だった。後藤と石黒がこの経験を共にしたことが、二度目、すなわち日清戦争時に活かされる。

もともと石黒は、維新後、大学東校（東京帝国大学医学部の前身）で教鞭をとっていた。しかし明治四年（一八七一）、新設された軍医寮の軍医となる。軍医寮創設の主唱者は松本良順で、松本は、自ら軍医頭を任じ、石黒を医学寮に引いた。そして西南戦争時、松本は軍医総監となっていた。

鶴見は、石黒の回顧談を引用する。石黒は、留学中のアメリカで南北戦争に関する調査を行った。しかし、西南戦争時には、調査の成果を活かし切れなかった。そうした蓄積があったからこそ、日清戦争時の対応が可能だったと振り返る。そこには、過去の経験を確実に次につなげた軍医としての自負がうかがえる。

御維新のときに負傷者の扱いなどは経験し

ているが、アメリカへ私が明治八年に行った。ちょうどアメリカへ行ったときに南北戦争のことについて、この傷病者のことや、病院のことやなんども十分調べて帰った。そうしてそれがあったので十年にとにかく仕事がよくできた。十年の経験をもってからに、なおあれはこうしなければならぬというような計画上のことをば考究をして、そうして今度が二十七、八年の戦役というものが、これよりまた大きなものができた。私は自分の仕事を熟々《つくづく》そう思う。二十七、八年戦役に初めて逢うたらば、まるで駄目だ、十年のときには、アメリカへ行ってこなければ、まるで駄目だ、そう思う。

（『後藤新平』1〈『文藝春秋』一九二七年八月一日、「石黒忠悳子座談会」〉）

三　「是其危険ノ畏ルベキ弾丸ヨリモ大ナルモノニアルヲ以テナリ」

明治二八年（一八九五）一月、石黒は凱旋兵の帰国を前に、軍隊検疫の必要性を上申し、大本営の置かれた広島に駆けつける。負傷兵五一二名に対して、赤痢や腸チフスに斃れた者は八三六名と多く、伝染病への警戒は急務との判断からである。

いっぽう後藤の人生にとって、日清戦争はどのような意味をもったのか。鶴見は、いわゆる相馬事件に連座し、入獄していた後藤が、石黒の恩情により臨時陸軍検疫部に配属されたことは、「生涯の一大幸運」だったと評する。さらに鶴見は、伯楽たる石黒と、後藤に思う存分力を発揮させた児玉源太郎、二人の存在あってこその幸運という構図のもとに、検疫事業の顛末を描く。

もし、これができなかったら、日本全国の悪疫流行だ。それは戦争よりも恐ろしい禍害との闘いなのだ。はたして誰がこれに当たり得るか。この時、この難事業を、首尾よく仕遂げおおせる器量人は、牢から出たばかりの、後藤新平をおいてほかになし、と考えついた人があった。それは、石黒忠悳であった。
（『後藤新平』2）

石黒はここで、陸軍次官兼軍務局長、すなわち武官（軍人）の児玉を重しとして臨時陸軍検疫部の部長に据え、文官（行政官）の後藤を事務官長とする案を考える。コレラを克服するための、それは必須の陣立てだった。鶴見の表現を借りれば、石黒、児玉、後藤の三人は、「鳩《きゅう》首凝議《しゅぎょうぎ》、一瀉千里《いっしゃくせんり》の勢いをもってその手続き、方法、分担等を決定」し、「臨時陸軍検疫部検疫規則」の発布により、ほとんど事務官長、すなわち後藤の独断専行によって検疫事業を執行できる仕組みを作り上げた。

後藤は、似島《にのしま》（宇品《うじな》付近）、彦島（下関付近）、桜島（大阪付近）、三ヶ所への検疫所建設を指揮し、検疫兵の訓練を行うかたわら、危険な検疫事業に従事する者たちの待遇改善を実行し、検疫を受ける凱旋兵の教育にも細心の注意を払った。作業順序を明確にし、検疫所の主である消毒はもちろんのこと、船内に一人でも発病者が発生し、感染のおそれがあるときは、停留舎に留め置いた。この停留舎の設置が、伝染病の蔓延を防いだ大きな功績でもあった。

後藤が中心となってまとめた『臨時陸軍検疫部報告摘要』によれば、四ヶ月間、三ヶ所の検疫所で検疫した二三二、三四六人中、検疫所を通過し凱旋した者は一六九、〇〇〇余人、そのうち帰途中にコレラを発症した者は三七人、一万分の二・一九人に留まった。

さらに、荷物などの消毒のために製作された大蒸汽消毒汽缶（ボイラー）も、伝染病学の専門家で後藤の友人の北里柴三郎により、従来の消毒時間を半減できることが証明された。後藤が伝染病研究所より招聘し、似島検疫所で研究に当たらせた高木友枝は、コレラ血清を製造し、世界初となるコレラ血清療法を開始する。臨時陸軍検疫部は、今後につながる成果を上げることができた。

不眠不休のなかにあっても報告を怠らない後藤にむかって児玉は、他からの批難攻撃は覚悟の上のこと、意に留めないから、「馬車馬」のごとく働くよう激励する。

この事業につき、多少の批難攻撃は、当初より覚悟の上であります。種々耳にする所がありましてもこれまでは申し上げませぬ。今後も普通の攻撃批難は特に意に留めませんので、最初に御相談致しておきました通り、馬車馬〔のように脇目もふらず〕で御経過されたく、この国家重大の事業において、些細な論争は無益と思われますので、小生も他の助言に対し、特には応答論弁はせず、単に事業の進捗を希望致すのみであります。

（書簡の引用は『後藤新平』2所載の現代語訳による）

そして石黒は、検疫所開始後まもなく、この出来事が、後藤の誠実さを世人に示す機会になることを希望すると書き送っていた。

いつもいつもの老婆心、うるさいことでしょうが、気付きましたので申し述べます。あなたが有為の才であることは、人皆が知っていますが、相馬事件より何となく山師じみた感じを世上に与えました。そのことに処するに、誠の一字よりしたのだということは世人は知りませんので、願わくば今回のことであなたに溢れるばかりの誠心があることを世に表わされることを希望致します。

（同前）

鶴見は、資料を通して検疫事業の歴史的意義と、そこにたしかに与した人間たちを描く。「編著者の詞」のとおり、ここに「史伝」はまさに「文学」となりえていると言えようか。

参考資料
富士川游『日本疫病史』（平凡社、二〇〇六年）。
松本順『蘭疇自伝』（小川鼎三・酒井シヅ校注『松本順自伝・長与専斎自伝』所収、平凡社、一九九五年）
司馬遼太郎『胡蝶の夢』（二）（新潮社、一九七九年）。
鶴見祐輔『後藤新平』の引用は、鶴見祐輔著・一海知義校訂『〈決定版〉正伝 後藤新平』「1 医者時代 前史～一八九三」「2 衛生局長時代 一八九二～九八年（藤原書店、二〇〇四年）による。

中世説話の「心」をもつ病
——『今昔物語集』を中心に

中根　千絵

はじめに

日本中世の説話においては、病は疫神および疫鬼がもたらすものとされていた。(1) 例えば、政治的に恨みをもって亡くなったと当時の人々に認識されていた伴大納言や菅原道真などは疫病をもたらした人物として説話化され、また、平安時代末に忽然と起こり、現代でも今宮神社で行われている「やすらい祭り」も、そもそも桜の花に依り付く疫病をもたらす鬼を祓う祭りであった。それゆえ、病をもたらす疫鬼が視覚化されることも多く、多くの説話や『春日権現験記絵巻』、『不動利益縁起』等の絵巻にその姿を見ることができる。本章では、そうした疫鬼の姿を具体的に概観しつつ、他人にうつることのない「寸白《すばく》」（サナダムシ。寄生虫の一種）という病の視覚化についても考察してみたい。疫病は、多くの人々に次々にうつるという意味で、きわめて、政治的な意味をもっていた。「やすらい祭

図１　春日権現験記絵巻（疫鬼 1）（国立国会図書館デジタルライブラリー）

図２　不動利益縁起（疫鬼 2）（新修日本絵巻物全集より）

り」は、頼長の政治批判として当時、禁止された祭りであった。[2] すなわち、疫病をもたらす疫鬼は、政治的に無実の罪で陥れられた人物がなるものであり、陥れられた者の存在が浮上することで、そこには、政治をつかさどる者の責任が問われることになる。そうした疫鬼をめぐる構図を、「寸白」のような病を視覚化した説話の構図と比較したとき、両者はどのような関係性を現すことになるのだろうか。『今昔物語集』の説話のいくつかに焦点をあてつつ、考えてみたい。

一 『今昔物語集』の寸白が人となった話

『今昔物語集』巻二八第三九話「寸白任信濃守解失語」には、寸白をもった女の生んだ子が成長して信濃守になった話が語られる。

信濃守が国境での歓迎の饗宴に臨み、宴席から見渡してみると、机という机に、胡桃一品がさまざまに調理された食べ物が盛られていた。胡桃はこの地方の産物であったが、信濃守は、体内の水分をしぼりだされるかの思いをして弱り果てた様子となった。これを見ていた土地の古老がこの守は、もしや寸白が人になって生まれ、ここに信濃守として赴任してきたのではないかと思いめぐらし、古い酒に胡桃を濃く擂りいれたために白く濁った酒をうやうやしく盃に入れてさしあげた。信濃守は、「なぜ、この酒は普通と違って白いのか」と言うと、古老が「酒に胡桃をすって入れているためです」と答える。信濃守はふるえだし、「本当は寸白男なのじゃ、もう耐えられない」と言っ

図3　病草子（新修日本絵巻物全集より）

て、さっと水となって流れてしまった。そこには、その死骸さえ残らなかった。信濃守の供の者が、京へと引き返して、このことを語ると、信濃守の妻子や親族の者も「なんと、あの人は寸白が成った人であったのか」とそのときになって知ったという。話末評語には「此レヲ思フニ、寸白モ然ハ人ニ成テ生ル也ケリ。聞ク人ハ此レヲ聞テ咲ケリ。希有ノ事ナレバ此ク語リ伝ヘタルトヤ。」と記されている。本話は『今昔物語集』において笑い話として位置づけられた話である。類話は、他に見出すことができない。病源の虫「寸白」が人の姿になり、妻子をもって人の世界で当たり前に仕事をしていたこの話は、病と薬（胡桃）の関係性を視覚化したという意味においても極めて興味深い話である。

ところで、寸白は当時の人にとって、どのような病だったのだろうか。『栄花物語』巻七「とりべ野」には、女院（詮子）が「寸白」に苦しむ姿が描かれている。「ものねさせたまひて」（腫物のために発熱されて）苦しむ女院に道長は医者にみせるようにいうが、女院は「医師に見すばかりにては、生きてかひあるべきにあらず」と医師に見せるくらいなら生きていても仕方がないといって強く診察を拒絶している。仕方なく、様態を医師に伝えたところ、「寸白」との診断がくだり、そのための治療が行われ、腫物から膿がでて一安心したという。また、『今昔物語集』巻二四第七話「行典薬寮治病女語」には次のような話がある。

典薬寮《てんやくりょう》の医師たちが宴会をしていたところに、年のほど五〇歳くらいの身分の低くなさそうな女が粗末な衣装に身を包んでやってくる。その女の様子は、顔は藍色の練り絹に水を包んだようであり、身体はぶよぶよに腫れた姿であった。女が医師たちに何者か聞かれると、私はこのように腫れてから五、六年になる、これを皆さまが集まっておられるこの場で診察していただければ、別々の診断にはならず、具合よく治療することができると思ってやってきたという。典薬頭は、これを「寸白」と診断し、他の腕利きの医師も同様の診断をくだす。そこで、その医師に治療を行わせると、白い麦のようなものがでてきた。それをとって引くと長々とでてくるので、でてくるにしたがって役所の柱に巻き付けた。順に巻くにしたがい、その女の顔の腫れがひき、顔色も良くなっていった。柱に一四メートル、一六メートルほど巻くと出尽くした。女の眼鼻はすっかり治り、ふつうの人の顔色になった。医師はこのあとは「薏苡湯」で患部を温めるのがよいと言って帰らせた。

この話の話末評語では、「昔ハ此様ニ下﨟医師共ノ中ニモ、新タニ此病ヲ治シ癒ス者共ナム有ケル、トナム語リ伝ヘタルトヤ。」と記されており、この病が一般には治すのに難しい病であったことが知られる。この話の中では、具体的な治療の部分の文章が脱落しており、残念ながら、当時の治療法をうかがうことができないが、古記録を紐解くと、当時の治療の様子をうかがうことができる。

『小右記』寛仁三年（一〇一九）三月二四日には、薏苡湯と共に蓮の葉を塩で煮たものを加えて療治している。本話が当時の治療の実情に即して描かれていることがわかる。その他、『小右記』長元元年（一〇二八）九月二二日には、飲食が減り、左股の内側がひどく痛いという症状を和気相成が「寸白」と診断し、「黒大豆汁」を飲ませている。また、『小右記』万寿二年（一〇二五）三月一四日には、食欲が落ち、五体が腫れているという「寸白」の治療のために「檳榔子」を送っている。『太平御覧』巻九七一「果部八・胡桃」には、「胡桃」が「檳榔」のようなものだと記されており、そもそも、本草書において、「檳榔」は、「寸白」の治療薬として記されるものであった。『証類本草』巻二には、「檳榔、蕪荑、貫衆、狼牙、雷丸、青箱子、橘皮、茱萸根、石榴根、榧子、桑根白皮」が寸白の薬として挙げられている。『今昔物語集』巻二八の話では、「檳榔」が「胡桃」に変換されて記されたと考えられるかもしれない。

日本に伝わった中国の本草書や医書に、「寸白」の薬として「胡桃」のことが書かれたものは管見の限り見当たらなかったが、「寸白」が水となって流れるという話柄については、『備急千金要方』巻五八「治寸白蟲方」に見出すことができた。そこには、皮をはいだ榧子を月の上旬の夜明けの空腹時に七枚ずつ七日間飲めば、蟲が消え去り、水となる（「方榧子四十九枚去皮、以月上旬平旦空腹服七枚七日服、盡蟲消成水。」）という記述がみられる。ここに記される「榧子」は、日本には存在しないもので、近いものとしてカヤの実が挙げられる。日本では、「檳榔」や「榧子」に似たようなものとして「胡桃」が認識されていたのかもしれない。「くるみ」は、『新撰和歌六帖』寛元元年（一二四三）の歌題ともなっており、「来る身」と掛けられ（「夏山のすそ野に茂るくるみはらくる身いとふな行きて逢みん」）、貴族にも馴染みのある木の実であった。ともあれ、水となって流れるという『今昔物語集』の話の骨子は、日本に伝来していた『備急千金要方』の話が出典である可能性が高いように思われる。

また、「寸白」は、『巣氏諸病源候総論』巻四〇「寸白候」に九虫のうちの一虫であるとされ、白酒を飲み、桑枝で牛肉を刺し、生栗生魚を食べ、乳酪を飲むと、変じて寸白が生じる（「飲白酒、以桑枝貫牛肉、食生栗生魚、仍飲乳酪、能変生寸白者也」）と記されており、『医心方』巻七「治寸白方第十八」や『和名類聚抄』三「病」にも『巣氏諸病源候総論』巻四〇から同箇所が引用されており、『今昔物語集』の話でさして必要なモチーフとも思われない「白」酒の「白」についての会話が交わされているところに、こうした医書の記述が反映されているように思われる。全体として『今昔物語集』の話は、こうした寸白の生成にあたっての医書の知識が背景にあって出来上がった話と考えられるだろう。

このようにみてくると、「寸白」は当時の貴族にとって珍しい病気ではないが、その治療は、下っ端の下級医師には難しく、また、『今昔物語集』の胡桃の話は、当時の「寸白」の治療薬の実際に沿って作られたわけではなく、中国伝来の医書からの翻案説話であったことがうかがえる。「寸白」が人になり、薬である胡桃に囲まれることで、水と消える話は、虫を薬が消す治療の過程を視覚化したものとして意義深い。このような話の形成にあたっては、病に心があるとする発想が根底にあるのではないだろうか。近世の話ではあるが、十返舎一九『六あみだ詣』には、「ハヽヽなんの死んだものは、もとの土になってしまふものを。もしその魂魄か寸白か、疝気の虫でも残てゐて、生あるものゝやうに、いつまでも地獄にゐるくらいなら、毎年七月是非娑婆へ来ずにやアゐやせぬ」とある。『腹の虫の研究』では、「「疝気の虫」と「寸白」は、「魂魄」と同列に置かれ、まるで命ある現身の証し、ないしは自身の分身のように用いられている。[3]」と分析されており、寸白は人の一部であるかのように認識されていることが指摘されている。

ここで、虫と疫病の関係性を示す事例をいくつか挙げておきたい。

『扶桑略記』延長元年（九二三）五月二二日には「白虫」が京中を群飛した記事がある。五月一八日には、咳疫によって仁王会が行われている。『巣氏諸病源候総論』巻一八「九蟲病諸侯」の「白虫」の説明には、「白虫相生じ、子孫大に転じ、長さ四五尺に至り、亦よく人を殺す」（「白虫相生、子孫転大、長至四五尺、亦能殺人」）と記されている。『扶桑略記』の記事では、医書において九虫の一つと記載された「白虫」が疫病をひきおこしたものと捉えているように思われる。

「虫」が「道路鬼」の眷属として祟りを起こした事例は、『続日本後紀』承和二年（八三五）五月九日条に見られる。そこには、「始自去三月上旬蝱虫殊多、身赤首黒、大如蜜蜂、好咬牛馬、咬処即腫。相楽郡牛斃盡無余。綴喜郡病死。」とあり、蝱虫が牛馬を咬み、牛が倒れていなくなり、また、病死する事態となったことが記されている。その地方の郡司、百姓が亀筮を求めると、「曾無止息、移染之気、今北行者」との占いがでて、そのままその勢いはやむことなく、どんどん北へ向かって伝染していくというのである。さらに、その理由を占わせると、綴喜郡樺井社や道路鬼が祟りをなしているというので、これに祈りを捧げ、牛の病気の薬と祭りの食料を与えたという（「綴喜郡樺井社及道路鬼更為祟。即遣使、祈謝之。兼賜治牛疫方幷祭料物」）。民間において、神や鬼の眷属である虫が病を伝染させ、その対策として道饗祭が行われていることがわかる。近世にも恨みを残して亡くなった斎藤実盛が虫となったとされる伝説（『甲子夜話』）が見られ、怨霊が虫化する様相もみてとれる。虫もまた病気をもたらすものとして視覚化されたものの一つである。中世の医書「針聞書」には様々な虫が記されていて、それが病をもたらしていると理解されている。最初に述べた「寸白」もまた腹に住む虫として解説されている。古記録をひも解くと、『教言《のりとき》卿記』応永一七年（一四一〇）正月二八日には山科教言が「虫腹」となり、「閣順気散、呉茱萸散」を飲んだとあり、ここからは「寸白」の薬である「呉茱萸散」が処方されていることがわかる。「虫」と称する病気は室町初期より出てきた病であり、中国の医書には記されない病名とされているが(4)、「寸白」のような虫の病の延長上にこうした病があったことが理解されよう。

『古今著聞集』巻二〇「魚虫禽獣第三〇」の序文には、「禽獣魚虫、その彙且千、皆言ふ能はずと雖も、おのの思ふ所有るに似たる者なり。」と記され、虫も含んだ生き物がもの言うことはできなくても、それぞれ思い感じるところがあると述べている。その巻の中には、「白虫」が仇を報じた話が収録されている。それは次のような話である。

ある男が田舎へ下る途中、「白虫」を宿屋の柱の中に押し込めて、そのまま田舎へと下った。男がまた、次の年にその宿に泊まり、その柱を見ると、まだその「白虫」は生きている。不思議に思って自分の腕に置いてみると、ほんの少しずつ動いて腕にくいついた。その後、そこが腫れて瘡になり、悪化して男は亡くなった。

この話の末には、「これは去年よりへしつめられてすぐしたる思ひ通りて、かく侍りけるにや」とあり、「白虫」の恨みを晴らそうという思いがかなったのだと述べている。このように、虫もまた「思い」、すなわち、心があるとの認識は時代を通じてあり、それは病をもたらすものとの認識がなされたことがわかる。

二 病膏肓に入る——こころをもつ病

「病膏肓《こうこう》に入る」ということわざのもととなった話が『今昔物語集』にとられている。『春秋左氏伝』一二を出典にもつ『今昔物語集』巻一〇第二三話「病成人形、医師聞其言治病語」には、病が人の形となって、医者の夢に現れる話がある。その話は次のようなものである。

中国に重い病気にかかった人がいて、優れた医者に往診を請うた。その夜、医者は夢を見る。病が二人の童の形になって嘆いていう、「我らは、この医師に成敗されようとしている、どうしよう、どこに逃げたらいいだろう」「我らは、膏の上、肓の下に入れば、医者も我らを成敗することはできないよ」医者は夢から覚めて、病人に「この病は、治療することができない、針も薬もその病のあるところに到達できない」と言って治療しないで帰った。病人はそのまま亡くなってしまった。膏肓（心臓の下の部分）に入った病は、治療法がないので、このようにいうのだという。

この後、『今昔物語集』には、『春秋左氏伝』にはない話が語られている。

その後、また重病にかかった人がいた。同じ医者を請うて、治療をしようと病人の許へ行こうとする途中、二人の鬼が嘆いていう、「我らは、この医師に成敗されようとしている、どうしよう」「我らは、膏の上、肓の下に入れば、医者も我らを成敗することはできないよ」「もし、八毒丸を服薬させたらどうしよう」「そのときは、なすすべがないよ」医者はこれを聞いて、病人の所に急いで行って、八毒丸を飲ませ、病人は治癒した。

この話の最後には、「然れば病も皆、心有りて此の如く云ふ也けりとなむ語り伝へたるとや。」と話末評語が付されている。病にも心があるというこの文言について、類似のものを見出すことはできないが、新大系『今昔物語集二』小峯和明の注[5]によれば、「物にはすべて魂がやどる類の発想。行疾神のごとく病を神に見立てる想像力に通ずる。本話はむしろ「病、膏肓に入る」の成語から作られた印象が強い。」とある。また、後半の話では、病が童ではなく、鬼の姿となって現れるが、その注には、「先の「童」と同様、病の変化をさす。必ずペアで現れる。魂魄と同様、陰陽の二元論にもとづくか。この鬼は獄卒に近いものか。精魂の鬼か。イメージ不明。」とある。ここで、病が童や鬼に視角化される背景を「心」に焦点をあてて、考えてみることにしたい。

中世の医家が記した『医談抄』四三には、「八毒丸」の登場する話が収録されている。概要は次のようなものである。

胸から腹にかけて痛みのひどい病にかかった男がいた。その男の寝ている屏風の後ろに鬼がいて、屏風を叩いていう、「お前はどうしてすぐにこの病人を殺さないのか、明日には、李子予が来て、赤丸でお前をうつだろう、お前はすぐ死んでしまうにちがいない」腹の中の鬼が答えて、「私はおそろしくない」という。李子予が門にいる時に、腹中でおびえて泣く声がした。李子予は薬箱の中より、赤丸を取出して、治療した。服薬するとすぐに腹がごろごろ鳴って下痢をし、治った。

李子予は晋代の医師であり、この話は、『医説』巻一「李子予」、『太平御覧』巻七四一・疾病部四「心痛」、『捜神後記』巻六「李子予」、『太平広記』巻二一八「李子予」など多くの中国の書物に見られる。この話中の「赤丸」は、『捜神後記』や『医説』には、「八毒赤丸」とあり、赤丸はその略名である。「八毒赤丸」は、「鬼」病の薬として医書にしばしば紹介される丸薬である。羅天益（元代）は、『衛生宝鑑』巻二〇・名方類集・雑方門「八毒赤丸」において、自らこの丸薬を用いて治療を行った「鬼」病の二症例を記載しており、その効果を「神の如し」と称えている。

この話に続く『医談抄』四三には、「病膏肓に入る」の逸話が収録されている。『医談抄』においても二つの話は、類似の構造をもつ説話として認識されていたことがわかる。すなわち、心をもった病の会話を医師が聞き、治療にそれを生かす話である。さて、ここで、興味深いのは、病の化身である二人の童の正体を『医談抄』では、「二豎子ハ、趙同・趙括二人ガ霊ニテゾ侍ツラン」と述べている点である。一部を次に引用する。

此晋候ガ病ハ、趙ノ霊気ノツキタル也。左伝云、「晋ノ景公八年ニ趙同・趙括ヲ殺ス。ソノ後、晋公、夢ニミルヤウ、趙氏ノ先祖大厲鬼トナリテ、髪ヲミダシテ地ニ引テ膺《むね》ヲ搏《（うっ）》テ踊テ云、「余ガ孫ヲ殺スコトハ不義也」ト云テ、寝門ヲヲヤブリ入ル。公ヲソレテ室ニ入レバ、又、室戸ヲヤブル。夢サメテ、桑田巫ヲ召テ、此事ヲ問ヘバ、巫ガ云、「趙ノ先祖鬼霊ト成テ公ヲトリ殺スベシ。新麦ヲ食セズシテ卒スベシ」ト云。

ここには、病の童は趙氏の祖先の霊が「大厲鬼」（悪病をもたらす鬼霊）となったものであると記されている。この出典は、『春秋左氏伝』成公十年であり、膏肓の病の話の前に記載されている。さらに、『医談抄』四二には、「伝屍病ハ、鬼ノ住スル病也。タダノ病ダニモ療ジ難キニ鬼霊ノ領ジタランハ、霊通ナラデハ去ベキニアラズ。晋ノ景公ガ膏肓ノ病モ大旨ヲナジ事ナリ。」と記されており、晋の景公の膏肓の病は、伝屍病と同じく、霊に通じている治療者でなければ治らない「鬼」の病と認識されていたことがわかる。伝屍病に関しては、多くの資料があり、美濃部重克「伝屍鬼と虫」[6]に詳しい。伝屍病は「鬼」（伝屍鬼）によって発症し、伝染していくと考えられていたが、その「鬼」は同時に「虫」（伝屍虫または労虫）とも捉えられていた。

これらのことからわかるのは、病が変化したと思しき童は、同時に政治的敗者の霊であり、病をもたらす疫病であったという理解が『春秋左氏伝』ではなされ、中世の医書でもそれが踏襲されているということである。膏肓の病を「鬼」とみることについては、日本では『万葉集』山上憶良「沈痾自哀文」にまで遡ることができる。「若し聖医神薬に逢はば、仰ぎ願はくは、五蔵を割き刳り、百病を採り探り、膏肓の隩処に尋ね達り、二豎の逃れ匿りたるを顕はさむと欲ふ。〈晋の景公疾むに、秦の医緩視て還りぬと謂ふは、鬼に殺さるることを謂ふべし〉」とあり、「二豎」を「鬼」と注釈している。

『今昔物語集』における鬼の姿は政治的敗者として描かれていないものの、『今昔物語集』に人の姿となって現れた膏肓に隠れた病は、同時に、もともと鬼が憑りついた病でもあったと認識されていたことが理解される。それらは、会話をすることもあり、医師と対峙するものでもあった。

さて、「はじめに」に示した「やすらい祭り」の病をもたらす者をうかがわせる記述としては、『梁塵秘抄口伝集』巻第一四に次のようなものがある。（傍線部は論者による。）

> ちかきころ久寿元年三月のころ、京ちかきもの男女紫野社へふうりやうのあそびをして、歌笛たいこすりがねにて神あそびと名づけてむらがりあつまり、今様にてもなく乱舞の音にてもなく、早歌の拍子どりにもにずしてうたひはやしぬ。その音せいまことしからず。傘のうへに風流の花をさし上、わらはのやうに童子にはんじりきせて、むねにかつこをつけ、数十人斗拍子に合せて乱舞のまねをし、悪気と号して鬼のかたちにて首にあかきあかたれをつけ、魚口の貴徳の面をかけて十二月のおにあらひとも申べきいで立にておめきさけびてくるひ、神社にけいして神前をまはる事数におよぶ。京中きせん市女笠をきてきぬにつつまれて上達部なんど内もまいりあつまり遊覧におよびぬ。夜は松のあかりをともして皆々あそびくるひぬ。そのはやせしことばをかきつけをく。今様の為にもなるべきと書はんべるぞ。（中略）此歌をはやして唱ぬるに有勅禁止はんべり。何のさはりとも聞こえず、わけあらんとつたへききしぞかし。唱ものをこのむという

て、みだりにすべからず。ついにはたゆることもあり。高尾に法会あり。そのわけにてやらんか法会に子細ぞあらんと申はべりき。もののちやうじたるときは、さはりいできぬるものぞ。音曲の稽古もそのしんしやくあるべしと語りつたへはべり。

ここからは、病をもたらすものを「悪気」と呼んで「鬼」の姿を模していることが見てとれる。『今昔物語集』等にみられた薬と医者の話は、いずれも中国の書物を翻案して出来上がったものであることがわかったが、病をもたらす者の正体が「鬼」であるとの認識は一般に浸透していたことがうかがえる。また、時代はくだるものの、『沙石集』巻九ノ二四には、安元の年（一一七五～一一七七）に坂東の国に疫病が流行った折、その病気にかかった小童が見た病は、小禿の童子であり、それが病者を責め苛んだとしており（「小禿なる童子来たりて、なぶりて、とかくし候ふ」）、流行り病の視覚化におい て、「童」の姿が中世まで受け継がれていることも見てとれる。また、その童子は、千手陀羅尼を唱えられると、「頭を打ち砕かれて、泣く泣く北の方へ罷りぬ」と描写されており、ここでも病に心があるかのように認識されていることがわかる。

以上のことから鑑みて、『今昔物語集』巻一〇第二三話の話の構成は、病の正体が童であり、鬼でもあることをふまえたうえで、中国の書物に別々に記載されていたものを、病が会話するという点が共通項となり、一つの話と成ったものと考えられる。そして、そうした病の治療を視覚化した説話の構図は、最初にとりあげた『今昔物語集』巻二八第三九話の「寸白」のような話の創作の発想の基盤になったともいえるだろう。

三 視覚化される病の鬼と行疫神

『今昔物語集』巻一六第三二話「隠形男依六角堂観音助顕身語」には、百鬼夜行の鬼たちに透明にされた男が普通の姿に戻るために、六角堂観音に助けを求めて、一瞬、疫鬼にされた話が描かれている。

一二月晦の夜のことである。（論者注：現在の二月の節分行事にあたる「鬼やらい」が宮中で行われた後のことであろう。）多くの鬼（「目一ツ有ル鬼モ有リ、角生タルモ有リ、或ハ手数タ有モ有リ、或ハ足一ツシテ踊ルモ有リ。」）が大内裏の北西の方から一条堀川の橋へとやってきた。男は橋の下に隠れるものの、鬼に捕まってしまう。しかし、この男に重い罪があるわけでもないということで、許される。鬼たちは、唾を吐きかけながら、皆、通り過ぎていった。男は、殺されなかった事を喜び、すぐに家に帰って、妻子に話しかける。しかし、妻子は男の姿にも声にも気づかない。男は、鬼に唾を吐きかけられたことで、自分の姿が隠されてしまったのだとさとり、六角堂に籠って「観音さま、私を助けてください」と祈念すると、十四日目にお告げがある。「朝、ここを出て最初に会った者のいうことに従うように」と。朝になって外にでると、門のところに牛飼い童が大きな牛を引いているのに出会った。男を見て、自分と一緒に来いという。ついていくと、大きな屋敷の門のところにでた。人が通れそうもない隙間をすり抜け、屋敷の奥にどんどん入っていくと、姫君が病で臥せっている。牛飼い童は、男に小さな槌をとらせて、姫君の傍らに座らせ、頭や腰を打たせる。姫君は頭を振り立てて悶え苦しむ。験者がやってきて、般若心経を読んで祈ると、男は身の毛が逆立ち、そぞろ寒く感じられる。牛飼いの童はこの僧を見るやいなや逃げに逃げてどこかに去ってしまう。僧が不動の火界の呪を唱えると、男の着物に火がつき、焼けに焼けて男の姿が現れる。その時、屋敷の人、姫君の父母、女房たちが姫君の傍らにたいそう身分の低い男が病人の横に座っているのに気づき、男は捕らえられる、事の次第を男が語ると、姫君の病も

図4　不動利益縁起（獄卒）（新修日本絵巻物全集より）

治ったことだし、験者も「この男は罪のある者ではない。六角堂の観音の利益を得たものだ、すぐに許した方がいい」と言ったので、男は解き放たれることになる。男が家に帰って、事の様子を語ると、妻は驚きながら喜んだ。その牛飼いは、神の眷属であったという。人の依頼によってこの姫君について病をもたらしていたということだ。

話の最後は、「火界呪」の霊験と観音の御利益が讃えられて結ばれている。この話においても、病をもたらす者が、童として認識されており、その立場になった者の気持ちが表現されている。験者の加持に「身ノ毛竪テソゾロ寒キ様ニ思ユ。」と思う病の側の気持ちは、病が薬に対してと同様に、仏教の加持祈祷に関しても、その心を描くのが一つの型となっていることがみてとれる。このようにみてくると、病を引き起こす者として疫神の眷属たる童か鬼が現れるが、良薬や呪によって追い払われるという説話上の構図が確立していたことがわかる。

ちなみに、右の話に見られるような「疫神」と「鬼」とはどのような関係にあるのだろうか。一例として『今昔物語集』巻二〇第一八話にも同話が収録されている『日本霊異記』中巻第二五話を挙げてみたい。ここには、閻魔王の使いの鬼が人の饗応を受けて恩に報いた話が収録されているが、そこには、「疫神」と「閻羅王使鬼」は、同じ者として表記されている。聖武天皇の時代に女が病を得て、「疫神」の為に、食事を家の門の左右に置き、饗応して立ち去ることを願った（「時に偉しく百味を備けて、門の左右に祭り、疫神に賂ひて饗しぬ。」）ところ、女のところにやってきた冥界の使いの鬼がそれを

食《おもねり》して就きて受くが、その甕の鬼、

食してしまい（「閻羅王の使の鬼、来りて衣女を召す。其の鬼、走り疲れにて、祭の食を見て、䭑《おもねり》て就きて受く。」）、その饗応の恩に報いて、鬼は別の女を身代わりにたてると約束する。すなわち、この表記の在り方からは、地獄の獄卒と疫神は混ざって認識されていたことがわかる。さらに興味深いのは、「鬼」が饗応を受けた女の身代わりとなる同姓同名の女に対して、先の話の病をもたらす童と類似の行為を行っている。鬼は、「緋の嚢より一尺の鑿を出して、額に打ち立て」というように、赤い袋から一尺の鑿を出して額に打ち立てている。本話は、出典は未詳だが、疫鬼と槌の関係は本話以外にも見られ、中世の絵巻には、疫鬼は槌とセットで描かれるようになる。(7)『日本霊異記』中巻第二四話においても、閻羅王の使いが、お前のところに来るのに何日もかかったので、腹が減って疲れた」と言い、牛の路を要求するのに従い、身代わりをたててもらい、死を逃れているが、この時の鬼の一人の名前が槌麻呂である。

また、饗応を受ける疫鬼の姿は、時代が下っても見ることができる。中世に作成された絵巻『不動利益縁起』の安倍晴明が泰山府君祭を行う場面には、疫鬼が晴明の前に並んでおり、饗応を受けている。この話は、『今昔物語集』巻一九第二四話に夙に収録されており、『発心集』第六にも見られるが、疫鬼が描かれたのは絵巻のみであり、この絵巻の絵師の想像力によったものと思われる。この場面は、病が重く、仏教の祈祷では治らなかった身分の高い僧が陰陽師安倍晴明に身代わりの僧をだせば、高僧の病を治癒することができるといわれ、身代わりの僧をさしだし、泰山府君祭を行っている

図5　泣不動利益縁起（疫鬼）（新修日本絵巻物全集より）

場面である。佐々木高弘によれば、この場面は、道饗祭の場面であり、晴明の前に並んでいるのは、疫神であり、彼らが羽織っているのは、道饗祭の供物の鳥獣類の毛皮（『延喜式』）であるという(8)。道饗祭とは、佐々木氏が同書でわかりやすく述べた表現を借りれば、「全国の街道の要所である衢で、この荒ぶる神々を祭祀し、接待し、機嫌良くUターンしてもらおう」という祭りである。これは、宮中の行事として行われたが、先の『日本霊異記』の話を見る限り、個人の家の疫神祭では、門のような境界を示す場所で行われたものと考えられる。絵師の想像力は、死者を交換する祭祀である泰山府君祭の記述をはるかに超えて、病そのものへと転じ、疫鬼に賂を渡す

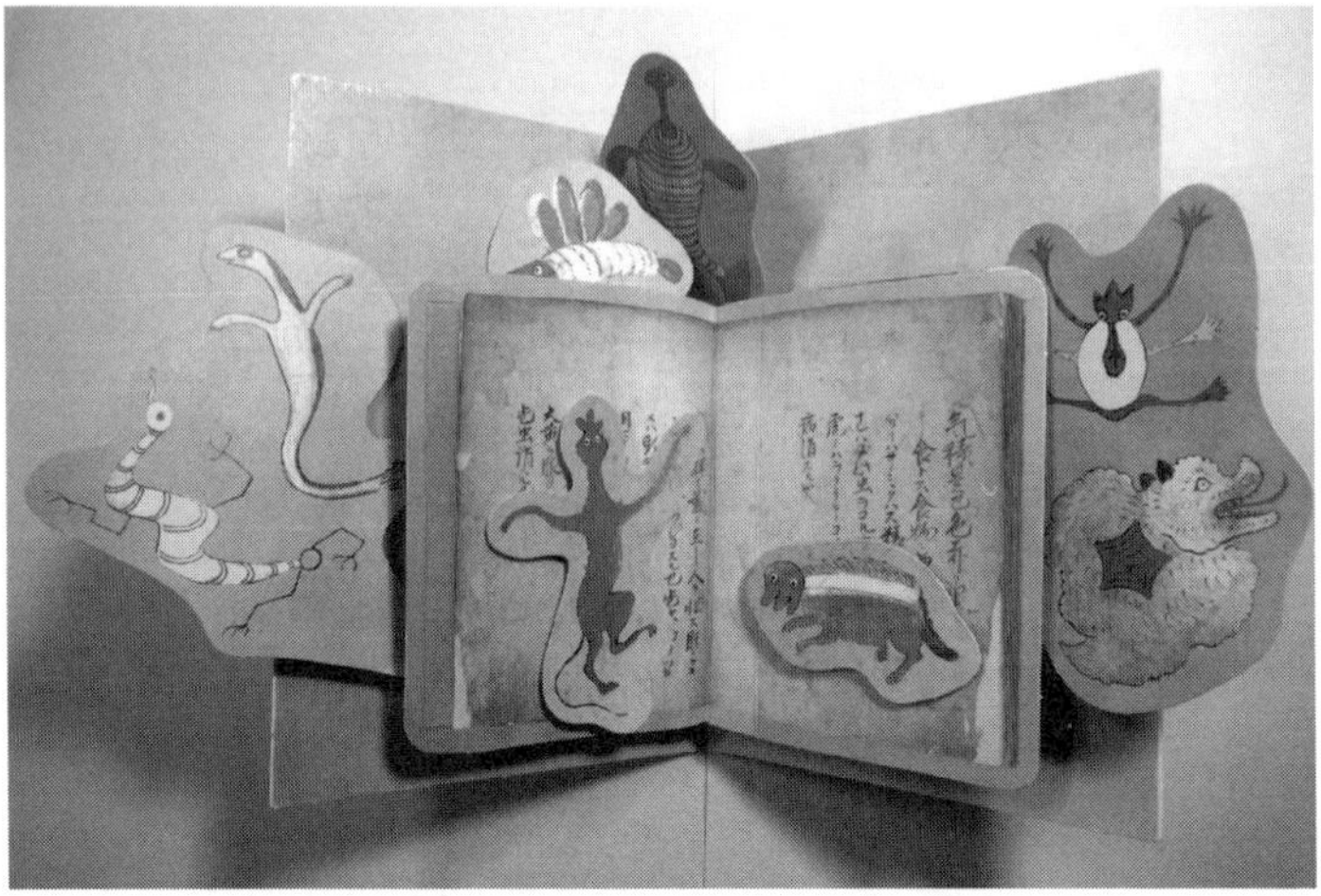

図6　腹の虫（針聞書）（九州国立博物館の販売物）

疫神祭の場面へと飛躍し、ここに道饗祭のような疫神祭を再現するに到ったのであろう。この疫鬼のイメージはこの後、病をもたらす鬼の姿として、視覚化され、確立していくことになる。『針聞書』の虫の絵は、蟯虫など閻魔王に人の行為を報告する虫が描かれているが、その肢体はこの疫鬼に近いように思われる。美濃部重克が論じたように人の姿から虫の姿へと病の視覚化の過程がある[9]のだとすれば、その近似した姿はうなずくことができよう。

さて、病を直接もたらす疫鬼は、先の説話中に疫神の眷属であると記されていたが、疫神はどのような姿で描かれるだろうか。『今昔物語集』巻二七第一一話「或所膳部見善雄伴大納言霊語」では、「行疫流行神」となった伴大納言の話が語られるが、その話は次のようなものである。

昔、天下に咳病が盛んになり、病まぬ人なく、身分に関わりなく病み臥した。或る所に、料理人がいたが、仕事も終えたので、午後一〇時頃、家を出ると門に赤色の袍を着、冠をつけた大層気高く恐ろしそうな者にでくわした。身分の高い方だと思い、低い姿勢をとると、その者は、「私は伴善男というものである。伊豆の国に配流されて、早く亡くなった。それが行疫流行神となったのである。私は心ならずも朝廷に対して罪を犯して、重い罪を蒙ったが、朝廷に仕えている間に我が国の恩を蒙ることも多かった。これによって、今年天下に疫病が起こって国中の人が死ぬところを自分がお願いして咳病に代えたのである。そのようなわけで、今、世の中のあらゆるところで咳病が流行っている。私はそのことを言い聞かせようと思ってここに立っていたのである。お前は恐れることはない。」と言って掻き消えるようにいなくなった。

行疫神は、「赤キ表ノ衣ヲ着、冠シタル」と描写されている。政治的犠牲者で、身分の高い雰囲気をもち、また、どのような病を流行らせるか意見を述べることのできる立場にいたことがわかる。『今昔物語集』巻一三第三四話では、二、三〇騎ばかりの馬に乗った行疫神が描写されている。この行疫神たちは、道祖神を宮中行事の先触れとして呼びにきているので、行疫神が全国の街道の衢を通ってやってくるイメージをもつ道饗祭等の疫神祭が投影されているものと考えられる。『道賢上人冥途記』には、冥界において菅原道真が疾病災害のすべてをつかさどっており、多くの眷属にそれを行わせていると述べており、ここからは、死後の道真が疫神として、多くの眷属を使っていると認識されていたことがわかる。

このように見てくると、政治的敗者である行疫神の命令のもとに、多くの眷属が鬼の姿や童の姿となって槌をもち、病をもたらしていた図が浮かびあがってくる。元々、中国の書物、また、貴族社会では、病をおこす鬼霊そのものが政治的敗者であった。それをそのまま引き写した書物ではその理解が引き継がれたものの、中世の説話集に現れる疫病の構図は、行疫神と眷属という身分をもって、その姿形も描き分けられたのであった。その際の一つ一つの鬼や童には「心」があるように描かれたのである。

ここから、中世の人々にとって、行疫神も疫鬼も姿形を得て、対話の可能な存在だったことが知られる。そして、それらの存在は、常に人と共存しうる存在ともなっていたのであった。

結び

正体不明の存在が後の災異を予告する「物恠」[10]や正体不明なモノとして現れる「モノノケ」とは異なり、説話に描かれる病気をもたらすものたちは、最初から病の正体に鬼などをあてがうことで、その流行り病への対処を感覚的に知らしめることになった。対話可能な病の正体の具象化は、得体の知れない病、死への不安から人々を解き放つものであった。

一方、説話中でその者が黙していることもあるが、その場合は、怪異譚として語られることになる。『古今著聞集』巻一七「怪異」には、後朱雀院の御代の末の除目の折に、清涼殿の石灰壇の西にたっている四季の図柄の屏風の上に赤い組紐を首にかけた大きな人（「大きなる人、あかきくみをくびにかけて」）が見えたと記され、それを天皇がご覧になって後、お加減が悪くなり、いくほどなくして亡くなったという。説話の末には、「おそろしかりける事なり。世の人、八幡の御体かとぞ申しける。なにのゆゑにてさはいひけむ、おぼつかなき事なり。」と付されており、世の人が病を引き起こした正体のわからぬ者を八幡神として具象化しようとしているものの、どうしてそのような噂となったかわからないといった付言がなされている。八幡神は、元々、正体のしれぬ神であるが、鎌倉時代以降には、一般的に源氏の神、武神と捉えられるようになった。しかしながら、平将門乱で恩賞に与れなかった藤原忠文は、「悪霊民部卿」（『帝王編年記』）と称され、宇治離宮八幡に祀られたことが『源平盛衰記』巻二三「忠文祝神」に描かれている。後世、八幡がこのような悪霊を吸収して祀られていることがわかり、興味深い。

公の側から病の正体を明かし、具象化し、視覚化し、それを祀ることは、社会の疫病への不安を取り除くものであったが、一方で、世の中の人が病の正体を噂しあう状況においては、その社会の政治の不満を体現するものともなった。御霊となった政治的敗者を祀る御霊会[11]が公では廃れ、地方では行われ続けたのは人が多く集まると風紀が乱れると考えられたからだ[12]と山田雄司は論じているが、右のような政治上のことも一因と考えられるのではなかろうか。病を含む災異が神の祟り[13]から政に関わって疫神になったものの仕業と認識されるようになった段階で、公の御霊会は失政を認めてしまう危うさをはらんでいたのではなかったかと思う。

漢文の書籍を読み解くことのできた知識人の手によって成ったと思われる病の診療の過程を視覚化した説話の構図は、流行病の疫病に際して、多くの人々に病の正体と対処の説明をするにあたって使用された政治的な祭祀の場面と構造的に重なる。説話中、直接、病をもたらすものとして描かれる童や鬼は、饗応に弱く、経典や賂いや薬を警戒する心をもったものであり、どこか滑稽で、また、対話を行うことのできるものたちであった。行疫神もまた宮中の行事、道饗祭等の疫神祭に参加し、公への恨みをもちつつも、一方で天皇の恩によってその病を軽くすることもできるものであった。このようにアンビバレントできわめて人間的な心を有する疫神の存在は、一つ対処を誤れば、時の政権をゆるがすものともなるが、疫神の正体、姿形を明らかにし、その言葉を聞き取るような姿勢を基に、薬や祀る対処法を人々に示せば、政権を護持するてだてともなったのである。その背景には、中世の人の認識内に病の正体が「こころ」をもつという大前提があったことを見逃すべきではなかろう。病を視覚化した際の説話における病の姿と流行をもたらす疫神の姿は、「こころ」をもつものという意味では同じ位相に位置付けられる。それゆえ、どちらの病も対話が可能となり、対処可能なものと理解されたのであった。

そう思うと、現代のコロナ禍で耳にする「ウイルスとの共生」という物言いは、病の撲滅をはかるのではなく、病と折り合いをつけながら生きてきた日本の中世の人々と似通う発想の上に成り立っている言葉のようにも感じられる。この論題が自然科学的視点からのみでなく文化的な視点からの分析を必要かつ有効にしている理由の一つは、そうした古来から続く人の発想にあるように思われる。

＊本文引用にあたっては、『今昔物語集』は新日本古典文学大系、『万葉集』、『日本霊異記』、『栄花物語』、『沙石集』は新編日本古典文学全集、『梁塵秘抄口伝集』は講談社学術文庫、『古今著聞集』は新潮日本古典集成、『小右記』は大日本古記録、『証類本草』、『備急千金要方』、『巣氏諸病源候総論』は四庫全書、『続日本後紀』は六国史、『医談抄』は伝承文学資料集成 第二十二輯を用いた。

＊本稿の一部は、基盤研究（B）（一般）平成30年度〜令和4年度課題番号 18H00644「十七世紀尾張藩における〈文化としての武〉に関する諸藩対照研究」の成果である。

注

（1）山田雄司『崇徳院怨霊の研究』（思文閣出版、二〇〇一年）は、「八世紀後半になると、それまでは「疫気」「災気」のように「気」とされていた病原が、実体をもって表現されてくる」と論じている。

（2）河音能平「やすらい祭の成立—保元新制の歴史的位置を明確にするために—上・下」（『日本史研究』第一三七号上一九七三年一一月、第一三八号下一九七四年一月）

（3）長谷川雅雄・辻本裕成・ペトロ・クネヒト・美濃部重克『腹の虫の研究』（名古屋大学出版会、二〇一二年）

（4）服部敏良『室町安土桃山時代医学史の研究』（吉川弘文館、一九七一年）

（5）小峯和明　新日本古典文学大系『今昔物語集二』（岩波書店、一九九九年）
（6）「伝屍虫」は、奇怪な形と「鬼」的な性格を持った「異虫」とされ、六代にわたって姿形を変えていく伝変説も唱えられたりした。『医談抄』四二は、この「虫」因説に基づいた話である。伝屍病に関しては、美濃部重克「伝屍鬼と虫」（『唱導文学研究』第六集、三弥井書店、二〇〇八年一月）、長谷川雅雄・辻本裕成・ペトロ・クネヒト・美濃部重克『腹の虫の研究』（名古屋大学出版会、二〇一二年）第七章参照。
（7）酒向伸行「疫鬼と槌―鬼の図像化をめぐって―」（民俗宗教の生成と変容：御影史学研究会創立35周年記念論集　御影史学研究会編　御影史学研究会・民俗学叢書16、岩田書院、二〇〇四年）
（8）佐々木高弘『生命としての景観』（せりか書房、二〇一九年）
（9）（3）に同じ。
（10）森正人「モノノケ・モノノサトシ・物恠・恠異―憑霊と怪異現象とにかかわる語誌」（『国語国文学研究』二七　一九九一年九月）には、「モノノサトシ・物恠」が「神仏、その他正体の明らかでない超自然的存在が人間の振る舞いに怒りや不快を覚えていることを告げ知らせる、あるいは後に大きな災いが起きるであろう事を予告するための変異」と規定し、「物気」（モノの作用）とは区別している。
（11）御霊会の成立については、肥後和男「平安時代における怨霊の思想」『御霊信仰』（雄山閣、一九八四年）、岩城隆利「御靈信仰の成立」（『京都大学読史会五十年記念国史論集』一九五九年）、柴田實「祇園御靈會―その成立と意義―」（『京都大学読史会五十年記念国史論集』一九五九年）、高取正男「御靈會の成立と初期平安の住民」（『京都大学読史会五十年記念国史論集』一九五九年）、大野功「平安時代の怨霊思想」『日本歴史』114（12）（日本歴史学会、一九五七年）、西山良平「御霊信仰論」『岩波講座日本通史５』（岩波書店、一九九五年）、井上満郎「御霊信仰」『講座日本の古代信仰　1神々の思想』（学生社、一九八〇年）、五味文彦

「御霊信仰」『国文学解釈と鑑賞』別冊（01）（至文堂、一九九一年）、山田雄司「御霊成立の前提条件―疫病観の変容―」『大山喬平教授退官記念会・日本社会の史的構造古代・中世』（思文閣出版、一九九七年）、酒向伸行『憑霊信仰の歴史と民俗』（岩田書院、二〇一三年）、井上満郎「御霊信仰の成立と展開―平安京都市神への視覚―」『御霊信仰』（雄山閣、一九八四年）等の多くの先行研究がある。

（12）（1）に同じ。

（13）中村生雄『日本の神と王権』（法藏館、一九九四年）

疫病を表象する信仰の文学瞥見

近本　謙介

ロックダウン中のヴェネツィア　サン・マルコ大聖堂に架かる恩寵の虹

一　始まりも疫病から

『日本書紀』巻一九・欽明天皇一三年条に仏教公伝記事のあることは著名である。この年の冬一〇月、百済の聖明王からもたらされたのは、「釈迦佛金銅像一躯・幡蓋若干・経論若干巻」[1]であった。釈迦の金銅像や経論には上表文が添えられ、仏教の優れた点に言及したうえで、

> 夫れ遠くは天竺より、爰に三韓に洎《いた》るまでに、教に依《したが》ひ奉《う》け持ちて、尊び敬はずといふこと無し。

との、天竺から韓半島に至る仏教流布の状況が記されていた。表の末尾は、

> 帝国《みかど》に伝へ奉りて、畿内《うちつくに》に流通《あまねは》さむ。佛の、我が法は東に流《つたは》らむ、と記《のたま》へるを果すなり。

のように、『大般若経』難聞功徳品に基づく仏教東漸の理を説いて結ばれる。(2) これを受けて、蘇我稲目と物部尾輿・中臣鎌子による崇仏・廃仏論争が起こるわけだが、尾輿等による廃仏の主張の論理は、

我が国家《みかど》の、天下《あめのした》に王《きみ》とましますは、恒に天地社稷《あまつやしろくにつやしろ》の百八十神《ももあまりやそかみ》を以て、春夏秋冬、祭拝《まつ》りたまふことを事《わざ》とす。方に今改めて蕃神《あたしくにのかみ》を拝みたまはば、恐るらくは国神《くにつかみ》の怒を致したまはむ。

というものであった。実際、試みに蘇我稲目が異国の神である仏を祀ったところ、

国に疫気《えやみ》行《おこ》りて、民《おほみたから》夭残《あからしまにしぬること》を致す。久にして愈《いよいよ》多し。治《をさ》め療《いや》すこと能はず。

との状況が出来した。仏教の道のりは疫病の流行と共に始まったのである。(3) 疫病流行の因とされた異国の神たる「仏」の像は難波の堀江に棄てられ、寺も焼かれたが、直後に天皇の宮殿に火災が生じたことは仏の祟りと見做されたことを暗示しており、疫病と神・仏への信仰とは、その始発から分かちがたく結びついていた。

二　疫病を司る神

『日本書紀』の疫病記事は、仏教公伝時が初出ではなく、巻五・崇神天皇五年条にすでに見えている。

五年、國内多疾疫、民有死亡者、且大半矣。

民のおよそ半数が死亡する疫病の流行のもと、翌六年には百姓の流離する者や、反逆する者が現れ、その勢いは徳をもって治めるのが難しいほどであったという。疫病流行時の世相

は、いにしえに固有のものではなさそうである。崇神天皇は三輪山の神大物主大神《おほものぬしのおほかみ》の神託にしたがい、大神の子である大田田根子命《おほたたねこのみこと》を祭主として大神を祀らせ、また卜に基づいて八十萬の神々を祀ったうえ、「天社《あまつやしろ》・国社《くにつやしろ》、及び神地《かむどころ》・神戸《かむべ》を定」めたところ、

　是に、疫病《えのやまひ》始めて息《や》みて、国内漸に謐《しづま》りぬ。五穀既に成《みの》りて、百姓饒ひぬ。

と、平安がもたらされた。大要を同じくする内容が、すでに『古事記』中巻・崇神天皇条にも見えている。『古事記』では、夢に現れた大物主大神は、

　こは我が御心ぞ。故、意富多多泥古《おほたたねこ》をもちて、我が御前を祭らしめたまはば、神の気起こらず、国安らかに平ぎなむ。[4]

と告げており、このたびの疫病流行が「神の気」すなわち祟りによることが明示される。[5]神を祀ることによって疫病がおさまる点は、神の祟りと守護（除疫・防疫）の両義性をものがたっている。

同時に着目すべきは、『日本書紀』がこの折に国の祭祀の制度が整えられたことを記す点で、これは『古事記』の「天の八《や》十《そ》平瓮《びらか》を作り、天神地祇《あまつかみくにつかみ》の社を定め奉《まつ》りたまひき」とも照応する。国家の祭祀制度に画期をもたらしたのもまた疫病であった。[6]これは感染症の拡大と収束の見えない不安が、さまざまに社会制度と人心に転換と動揺を強いている二一世紀の現状に既視感を与えるものである。社会や人心の転換点としての疫病の流行は、記紀神話の時代のみならず現代に至るまで絶えず繰り返されてきたが、同時にそれは、一定の期間を隔てて惹起す

る性格上、常に忘却を伴いつつ上書きされてきた人類史を想定しなければならないであろう。

仏教公伝以前の神への信仰の時代から疫病との〝つきあい〟は不可避であったわけだが、それは異国の神の伝来においても信仰との因果関係として生起するものであった。異国の神が仏として定着し、一方で神が多様化してくるにつれて、疫病の表象はどのように展開していくであろうか。

三 神の多様化と表象の相関
―『今昔物語集』の窓から

疫病をもたらし、また去らしめる神として、牛頭天王が想起される。祇園社と結びついたこの神の多様な性格と展開の諸相を、鈴木耕太郎氏が「中世神話」の視座から位置づけている。(7)本稿において、氏の一連の研究で着目しておきたいのは、蘇民将来譚における牛頭天王が異国の出自を付与されている点および牛頭天王と観音信仰との繋がりである（第三章）。疫病の発生と異国との関係が信仰と関わりつつ結節されるのは、仏教伝来においても見られたところである。

ここで、中世における牛頭天王の変貌を考えるうえで考慮すべきかと思われる行疫流行神の表象を、『今昔物語集』巻二七第一一話のうちに確認する。当該話については、舩城梓氏による詳細な分析があり、(8)本稿は氏の議論に導かれた部分がある。当該話の前後が南殿および朱雀院の「鬼」の話であることを考えると、本話を含めた「鬼神」の曖昧な境界性が浮かびあがってくる。

「或所膳部見善雄伴大納言霊語」と題される当該話の概要は、「ある屋敷の調理人の男が深夜に帰宅の途中、伴大納言善雄の死後霊が化した疫病神と出会い、世の中に咳病が流行する理由を説き明かしてもらった」というものである。(9) 膳部の前に「極《いみじ》ク気高ク怖シ気ナル」姿で現れた善雄は、応天門の変で伊豆に配流されて死去した後、行疫流行神《えやみのかみ》となったと語る。続いて、

我レハ心ヨリ外ニ公ノ御為ニ犯ヲ成シテ、重キ罪ヲ蒙レリキト云ヘドモ、公ニ仕ヘテ有シ間、我ガ国ノ恩多カリキ。此レニ依テ、今年天下ニ疫疾発テ、国ノ人皆可病死《やみしぬべ》カリツルヲ、我レ咳病ニ申行ツル也。然レバ世ニ咳病隙無キ也。

とすることから、御霊としての行疫流行神の性格と同時に、在世時の国への恩により、疫病を抑制する意思と力を有することが知られる。これは記紀神話の大物主大神にも見られた神力の両義性に通じるものであるが、それを司る神の表象が多様化しつつあることを窺わせる。

当該話末尾では、

世ニ人多カレドモ、何ゾ此ノ膳部ニシモ此ノ事ヲ告ケム。其モ様コソハ有ラメ。

と、善雄が告げた相手が膳部であったことを訝しがりつつも、何らかの訳があることを推測している。この点に示唆を与えるのが、『日本霊異記』中巻二五話を出典とする『今昔物語集』巻二五第一八話である。本話では、重い病を受けた女が立派な御馳走を整え、門の左右に祀るが、その目的を「疫神ヲ賂《まひなひ》テ此レヲ饗《あるじ》ス」としており、道饗祭《ちあえのまつり》と疫神とが濃厚に結びつ

いている。こうした行疫神への饗応の要素が、膳部と結びつく点に注意したい。同時に、疫病の伝播が食物やそれを食する場と密接に結びつく（とされる）点は、感染症の世を生きる我々には既視感のあるところである。饗応による賂と感染の媒介としての食の両義性をも直感的に理解してきた人類史が記憶される必要があろう。

行疫神の多様な表象として、いまひとつの『今昔物語集』所収話についても言及しておこう。『法華験記』下巻一二八話を出典とする『今昔物語集』巻一三第三四話は、天王寺の僧道広が『法華経』読誦により、道祖神を救済し、観音の補陀落浄土に往生せしめる話であるが、この話では「馬ニ乗レル人、二三十騎許」、「多ノ馬ニ乗レル人」と行疫神が表象される。行疫神が国をめぐる際には、道祖神を前使として供奉させ、その役を果たさぬと道祖神を鞭打ち罵るという。道祖神が「下劣ノ神形」を棄てて、補陀落浄土で「上品ノ功徳ノ身」を得る点は、行疫神に使役される神の境界の超克をかたっており、『法華経』を介した観音信仰と行疫神の境界性をも示すものである。

院政期成立の『今昔物語集』に至るまでに、行疫神の表象はかくも多様な展開を見せているのである。

四　行疫神を描く
―『春日権現験記絵』の窓から

『春日権現験記絵』巻八第二話には、唯識論のおかげで行疫神の難を逃れる話がある。

禅南院範雅僧都が養父、大舎人入道といふものは、そのころ人にしられたりける侍

図１　『春日権現験記絵』（春日大社本）巻８第２話

也。ある年天下に疫病はやりて、家ごとにやみけるに、この入道が郎等男、ゆめに、数多の武士、この家にうちいらんとするに、先陣のともがら、うちをみいれて、かぶとをぬぎて、拝していはく、「此所には唯識論おはします。狼藉あるべからず」とて、みな退出しぬ。[10]

ここでの「数多の武士」は、前節の『今昔物語集』巻一三第三四話を勘案するに、行疫神の表象と考えられる。[11]

武士の姿に表象される行疫神は、『唯識論』のある場には狼藉を働かぬ、いわば「礼節をわきまえた」疫神である。[12]一方、絵画では、詞書には記されない赤い鬼が疫病患者の家を覗き込むように窺っている。赤い色は冥官を表象するものと考えられるが、[13]船城氏の指摘するよう

に、行疫神は冥界とも親和性を有する存在であった。行疫神の両義性の絵画表現として重要な事例であろう。

船城氏は「行疫神」の古例を『平安遺文』等から析出し、密教との関係を提示している。さらに起請文の分析から、「「行疫流行神」の閻魔天・羅刹天・冥官等との親和性」を説く。顕教においても、東大寺関係のものを中心に確認できる点を指摘するが、ここで取り上げた『春日権現験記絵』所収話のように、興福寺や法相宗との関係からも着目する必要がありそうである。船城氏の引用する文永三年（一二六六）一二月一七日付「東大寺世親講衆連署起請文」では、「大仏・四天・八幡三所・仏法擁護春日権現」に始まり、「天照大神・賀茂・北野・熊野権現」等が続き、「第日本国中有勢無勢大小神祇・当年行疫流行神等」が読み上げられるとともに、「殊二月堂観音・世親菩薩」も言及される。東大寺世親講における「行疫流行神」をも包摂した神仏への信仰体系の一端が知られる[14]。東大寺における必然でもある国家安穏を祈願する修二会本尊二月堂観音や世親菩薩が強調される点も、起請文の全体像と不可分に結びつくものである。起請文の中には「祇園」を掲出するものもあり、牛頭天王信仰との接合を考えるうえで思量されるべきであろう[15]。

おわりに

疫病を表象する信仰の文学を瞥見したに過ぎない本稿においても、疫病に対して人類がいかに向き合ってきたかの一端を知ることができる。諸資料や記録類には調伏の事例も見出せるが、饗応や折り合いをつける接し方を含め、感染症の今を生きるわたくしたちに示唆を与える点は少なくない。行疫神の多様性は、あたかも現代では変異株という名ですがたを変えていくウィルスと向き合ってきた歴史を象るものとも言えそうである。「礼節をわきまえた」行疫神ばかりではないことが、いにしえも現在も人類を苦難に陥れるが、せめて蓄えられた叡智と経験値を動員して、過去の人々が乗り越えてきたように眼前の状況に応じていきたいものである。

【補記】説話文学会二〇二一年度五月例会（五月二日開催）は「文化・表象としての〈疫病〉―医術・信仰・説話から問う―」をテーマとするシンポジウムであった（コーディネーター：舩田淳一氏、パネリスト：上野勝之氏・小山聡子氏・鈴木耕太郎氏、コメンテーター：吉田一彦氏）。「鬼神」の境界性など本稿とかかわる点の議論も展開されたが、本稿にすべてを活かすことはできなかった。学恩に感謝申し上げつつ、今後考察を深めていきたい。

【謝辞】図版の使用をご許可くださった春日大社に深謝申し上げます。世界の感染症の収束を祈念いたします。

注

（1）『日本書紀』本文・釈文の引用は日本古典文学大系（岩波書店）による。字体は基本的に通行のものに改めた。以下同じ。

（2）『日本書紀』の仏教公伝記事に先立ち、同じく欽明天皇六年九月条には、百済で丈六の仏像を造り、願文に造仏の功徳の甚大なることが説かれたことが記されており、仏教に関する情報が公伝以前からもたらされていたことが推察される。

（3）三橋健編『日本書紀に秘められた古社寺の謎』（ウェッジ、二〇二〇年七月）は、「仏教公伝時の騒動は、在来の神と「仏」という新来の神が繰り広げた抗争でもあった」（一三六頁）と指摘し、「百済から使節とともに感染症のウイルス・細菌が持ち込まれてしまったのかもしれないが」（一三五頁）とも推察する。ことの真偽はともかく、疫病が異国との交流のうちに出来する可能性は現代においても異なるところは無い。さらに、仏像を海に流したのは、神道の「祓」の思想に基づくものであった可能性を、西田長男氏の説に基づきながら検討している。こうした崇仏廃仏（排仏）論争の再検討については、有働智奘氏「排仏崇仏論争の虚構」（『中外日報』二〇一九年九月四日）他にも説かれるところである。

（4）『古事記』釈文の引用は、倉野憲司校注『古事記』（岩波文庫）による。

（5）類似の表現は、『日本書紀』にも「若し能く我を敬ひ祭らば、必ず当に自平《たひら》ぎなむ」と見えている。

（6）前掲注（3）引用書「はじめに」では、崇神天皇の時代の疫病流行に言及しつつ、「感染症流行《パンデミック》は人間に大きな脅威を与えると同時に、社会の大変革の契機ともなりうる」（九頁）と指摘する。

（7）『牛頭天王信仰の中世』（法蔵館、二〇一九年）参照。

（8）舩城梓「「行疫流行神」考」（『筑波大学平家部会論集』一二　二〇〇七年三月）。

（9）概要の引用は、日本古典文学全集『今昔物語集』四による。以下、本文の引用も同じ。

（10）引用は、『春日権現験記絵注解』（和泉書院、二〇〇五年）による。

（11）前掲注（10）引用書の絵画に関する注に指摘がある。

（12）疫神の難を仏教的作善との関わりから説くものとして、永超に贄としての魚を献上した者の説話（『古事談』巻三第六三話）がある。本話は『宇治拾遺物語』・『雑談集』等にも類話が確認され、流布した話柄と考えられる。

（13）『今昔物語集』巻二七第一一話における伴善雄も、「赤キ表《うへ》ノ衣《きぬ》ヲ着、冠シタル人」の姿で膳部の前に現れる。官人としての赤色の表衣の表象と冥界の使いとしての表象とが二重写しとなる。

（14）鎌倉時代初めに創始された東大寺世親講をめぐる経済活動・寺内活動の問題については、永村眞氏「東大寺講衆集団の存立基盤」（『中世東大寺の組織と経営』所収第三章第三節　塙書房、一九八九年）に詳しい。

（15）前掲注（8）論文注（23）参照。

コロナとコロリ
――幕末の江戸災厄体験記の奇書『後昔安全録』とその著者について

塩村　耕

平成一二年（二〇〇〇）六月に開始した西尾市岩瀬文庫の悉皆調査も、既配架分については調査を全て終え、書誌データベースとして既に公開している。データベースはデジタルアーカイブシステムADEACとも連繫しており、国立国会図書館リサーチや一般の検索エンジンを通して、種々の調べ物において少しは参照されているのではないだろうか。現在は残された未整理本について、細々と落ち穂拾い的な調査を進めているところで、併せて、調査時に印象に残り、他日精読すべきと強く感じた資料について、再読を始めている。今回取り上げる『後昔安全録』もさような一点である。

原写本、大本一冊。江戸に住む一人の町人が、安政から文久にかけて起きた変災をくぐり抜けた見聞体験を書き綴った書である。以下の四部より成る。

①「〈安政二乙卯年十月二日大地震見聞実記〉後日心得草家内之事」（内表紙の書外題、以下同様）。大地

震の記録。一六丁。

②「〈安政五午年仲秋／同六未年〉安全壮健記〈一名はなしのたね草〉」。コロリ流行の記録。五〇丁。

③「〈文久二壬戌年六月ヨリ／麻疹流行虎狼痢病見聞記〉壬戌安泰録」。麻疹《はしか》とコロリ流行の記録。一九丁。

④「〈文久三年七月〉癸亥安穏記」。コロリ流行の記録。六丁。

以上に「〈安政二卯十月二日〉御江戸大地震大破并出火類焼場等書上之写」という表紙共九丁の冊子刷物を合綴する。幕末の江戸はひどい災厄続きだった。

全体を統合する書名の「後昔安全録」は、仮に「あとむかしあんぜんろく」と読んでおく。俚諺「昨日は今日の昔、今日は明日の昔」のような発想から、稀有な体験を、後の教訓にしようとした書名であろう。著者については、真木迺家という号しかわからない。書中の記述によれば、江戸は南本所番場町（現・墨田区本所一丁目等）に住む町人で、安政二年（一八五五）に四〇歳であった。

①の大地震体験記の迫真性については、拙著『江戸人の教養―生きた、見た、書いた。』（二〇二〇年、水曜社）の中の「安政地震の体験記」で触れた。ここで主に紹介しようと思うのは、②の疫病体験記である。

コロナ禍の深刻さが本格化した令和二年（二〇二〇）四月、勤務する名古屋大学での講義は原則としてリモートで行われることとなった。Ｚｏｏｍを使うことなど、もとより生まれて初めての経験である。そこで西鶴の『本朝桜陰比事』を読む講読の講義の一コマを、受講生の了承を得て急遽予定を変更し、『後昔安全録』の②「安全壮健記」を読むこととした。非日常の状況のもと、非日常の形の講義を行うからには、内容も非日常を扱うものを読んではどうかと考えたからである。ただ、同書は癖の強い草書で筆記されており、西鶴の版本を読むより難しく、くずし字初心者を含む学生がついてきてくれるか、心配でもあった。が、結果的に大正解で、お籠もり状態の中、古書を通して古人と向かい合うのに、好個の素材であった。Ｚｏｏｍを通して、時に紙面を拡大して、あたかも顔を近づけるようにして運筆を一緒にたどりながら、丁寧に読むことができた。何よりも、疫病猖獗という非常事態を著者と共有することが、学生達にとって「古今、人間、相同じ」という、最も重要な人文学的感懐を体感するのに助けとなったように見受けられた。そして、古人との交信による体験の相対化は、コロナ下の不安を幾分かでも和らげたのではないか。ただ、それも『後昔安全録』の描写が有する、異様な臨場感があってのことと考えられる。

『後昔安全録』の②「安全壮健記」は次のように始まる（図1）。

安政五午年七月中、兎角雨多く、殊に大雨にて、中旬頃には利根川筋洪水にて、小合（＊こあい。

金町村の北、現・都立水元公園周辺）と中所切れ候て、下総松戸辺、又は所々水損致し候得共、江戸大川（＊隅田川のこと）筋は平常の水に余り替り申候事も無御座候処、其後追々大雨にて、同月廿四五日頃には大川筋も余程水増し候て、其後漸々に相減じ申候所に、又々同廿七日夕方より雨、夜に入、殊の外大雨に相成、未明迄降申候て、快晴いたし候。翌廿八日より大川筋の水少づゝまし候て、廿九日朝頃より追々大水に相成り、夫々手当に相成、夕刻には大川橋（＊吾妻橋のこと）上には四斗樽に水を張り、北側にはひしと並らべ、御待舟（＊語義未詳。水害時に救助用に待機する舟のことか）等出候て水防人足、昼夜相詰申候。〔…〕

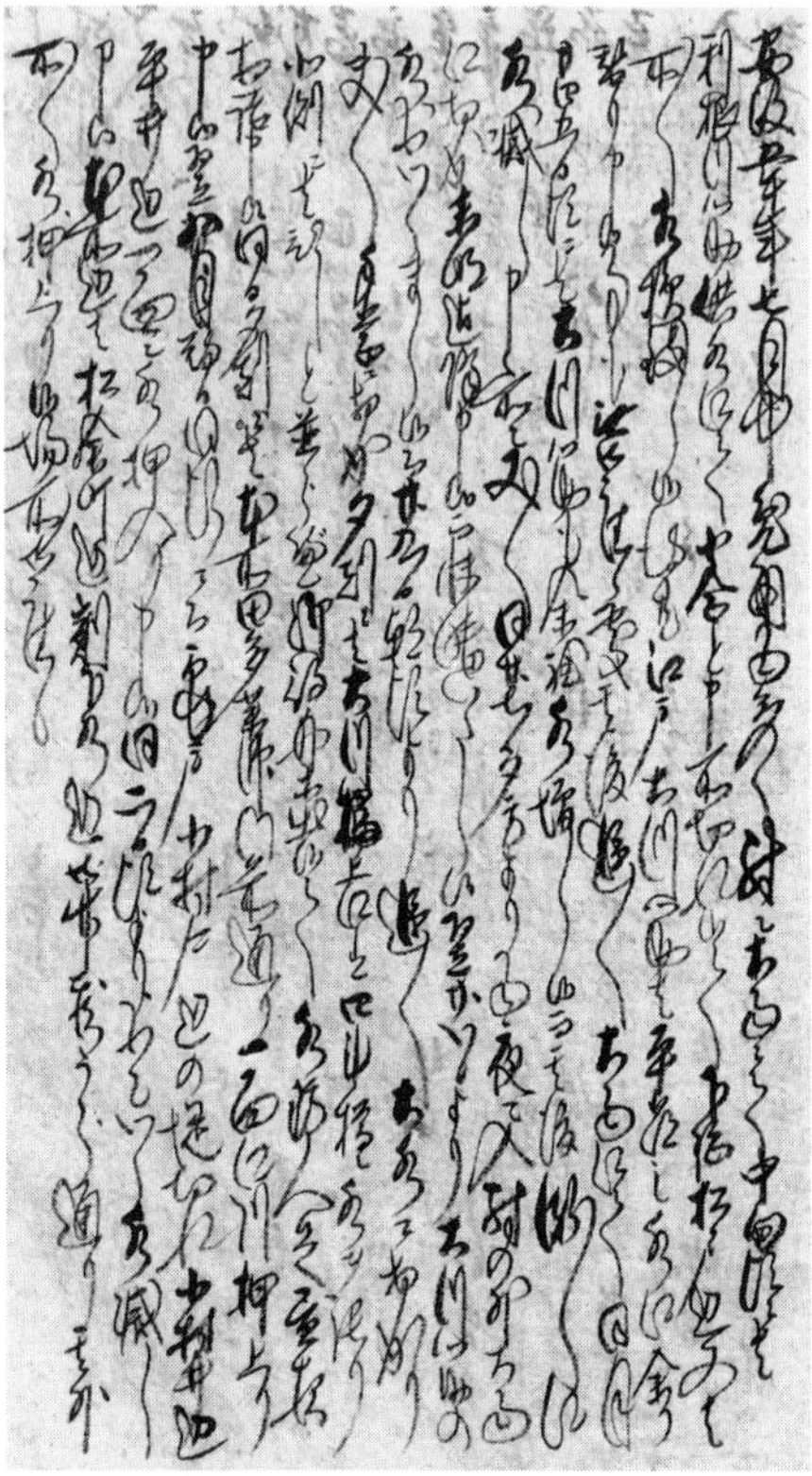

図1 「安全壮健記」冒頭部

天候不順の話が疫病とは無関係に、しかし不気味な序奏のように語られる。右からも推察されるように、筆者は話をはしょって、記述に方向性を持たせることを拒否している。

然る処、八月朔日二日頃より風説致し候は、玉川神田上水に毒を流し候物有之候て、水道相用ひ申候所にては、所々にて多人数即死致し候由、追々風聞御座候。其中には神田上水の方は子細無之、玉川の方あしく候と申者も御座候。又は川水毒にては無之、海水に毒有之候間、魚類食し候者多く死し候由も申触らし候処、日ましに所々にて病死人多く、弔ひなど殊の外見かけ申候。薬研堀辺にては、一ト長家にて一日のうちに七人病死いたし候など風聞御座候。或は一町などの間にて三十余人、一両日中に病死いたし候など、口々に申触らし候。然れども、本所表町辺は未だ左よふの病気もうけ給り不申候。〔…〕

世の中の出来事は風聞から入ってくる。そして異常事態であればあるほど、さまざまな虚説を伴う。それは昔の話と笑うわけにはゆかない。これを書いている令和三年（二〇二一）一月の時点で、コロナの全体像は全く見えていない状況にあるのに、あたかも見えているかのような言説を、これまでマスコミやネットを通して散々聞かされてきた。本書には虚実を問わず、巷説の類がこれでもかというほど収められており、どのような風説が流布するのかを考える上で参考となるであろう。

八月七日夜四ツ過、浅草竹門（＊浅草寺の北、浅草田町一丁目と浅草寺寺中との境辺）、岡崎屋徳兵衛殿（＊筆者の妻の実家）老母事、昼頃より急病のよし知らせ参り候間、早速家内の者差遣し、看病致させ、翌早朝帰り申候て、兎角六ヶ敷よしうけ給り候間、入違ひ、見舞に参り可申候と存、朝飯食し居候処へ、吹屋町、越前屋方より源三郎様事に付、使参り候て、同道にて鳥渡参り呉候様申来候間、無拠早速吹屋町（＊葺屋町のこと）へ罷出候途中、両国米沢町にて一二軒、門口へ八つ手の葉に何か取合、釣り有之候を見かけ申候間、是は此度の病気の呪にてもあるべくと存じ、門々気をつけ歩行候に、歌など記し、門口へ張候なども折々見かけ申候。吹屋町へ参り、越前屋見世に暫く罷在候間も、右の八つ手の葉に赤紙の幣など切候を持、通り候もの沢山に見かけ申候。〔…〕

疫病が徐々に、ひたひたと身近に迫ってくる様子を記しているのであるが、彼らはまだこの時点で病気の正体を知らない。本書の中で「ころり」の病名が出てくるのは、だいぶん先の一六丁目である。未知の奇病の突然の流行に、人々はさぞ右往左往したことであろう。それでも本書より伝わってくる当時の人々の様子は、恐慌に陥ることもなく、淡々と日常を送っているように見受けられる。

このように、筆者はその時々に起きた出来事を、見聞や体験に従い、ほとんどそのままに、方向性を持たせることもなく延々と述べ立ててゆく。それは冗長で読みにくい。ところが、それに身を任せて読み進めるうちに、あたかも自分がそれを追体験しているような、著者と一体になったような不思議な感覚にとらわれてゆく。

然る処、岡崎屋老母事、今朝病死致され候よし、私留主中知らせ参り申候よしに付、昼飯給り（＊筆者は「食べり」をこのように表記し、ラ行四段で活用させる）、悔みながら参り申候にも、追々病気の風聞も夥敷相成申間、用心のため、三里へ灸治致し候て、竹門へ参り悔み申、葬式等の儀うけ給り、翌早朝と申され候故、直様帰りがけ、髪月代致し候処、益々病死人の風聞甚しく御座候間、宿にても皆々へ申聞、「此節の儀故、銘々可相成丈用心致し可申候」と相噺申候に、夕刻より家内の者、又々竹門へ差遣し申候間、其内私事又々三里、からかさ（＊傘灸。足の親指と人差し指の間、行間《こうかん》の灸点で逆上に効くという）などへ灸治いたし居候処、同夜九つ時過、家内帰宅いたし申間、直様送りの者に同道いたし、私参り申候て、通夜致し、翌九日六つ時頃葬送致し候上、火屋迄見送り申候に、様子見うけ申候に、うけ給り候よりは夥敷事にて、驚入候。先何れの火屋を見込（＊様子をうかがうために中をのぞき見ること）候にも、葬式の棺桶、何れの火屋にも門内より裏の方に至るまで、山の如く積重ね有之事、前代未聞の儀と被存候。〔…〕

疫病はついに身内の命を奪うに至る。筆者は悔やみに出かけたり、葬送に参加したりしつつ、灸治をして病の予防を図っている。それにしても火屋（火葬場）の描写が凄まじい。これに比べれば、（今のところ）コロナは何でもないが、それでもコロナを体験したおかげで、われわれはこんな記述をしみじみと読むことができる。逆に言うと、普段は古人の書いたものを、別の世界の話と突き放して読んでいたことに気付かされ、反省される。なお、右の記述からわかるように、筆者は床屋で風聞を仕入れている。本書を通覧すると、巷説の供給先として、ほかに盲人（按摩）と医者とが重要な存在であったことが知られる。それは江戸期に一般的なことでもあった。

夫より帰宅いたし申候処、同日昼前、表家主松兵衛殿事、宅に被居候所へ、御停止（＊安政五年七月六日、将軍家定薨去に伴う服喪のこと）に付、別段厳重の御触来り候間、急々番屋へ寄合致し候様番人申来候に付、不取敢同人、番屋へ被参候所、直様番屋にて心持悪敷相成候迚、帰宅被致候より吐下し甚しく、打伏苦悩被致候段承り候に付、鳥渡見舞申入候。夫に付、追々右様近辺へ病ひ来り候に付、殊の外気遣わしく相成候間、〔…〕

右の葬式から帰宅したところ、直前まで元気であった、近所の家主松兵衛殿が急病に臥し、疫病はいよいよ身近に迫り、俄に気遣わしくなってくる。

翌早朝起出、朝飯早々給り申候て、雨天には候得共、渋江村（＊葛飾区四つ木辺）四郎右衛門殿へ参り、家内一同御祈祷いたし可申段、母へも為申聞、一同の年など相認め、参り懸け、松兵衛殿方へわらじのまゝにて立寄、是より右の御祈祷に参り申候間、松兵衛殿の年もうけ給り、序ながら御祈祷いたし貰ひ可申段、申聞候間、夫より直様渋江村へ参り、右之段々相願、家内一同の歳相認め候書付差出、別段御伺等には及不申、只々此節流行の悪病退（逃）れ候様なる御祈祷願上候。〔…〕

翌早朝、雨天をついて、当時有名な拝み屋さんと思われる渋江村の四郎右衛門殿に出かけ、家族と松兵衛殿の祈祷をしてもらっている。片道五キロほどの道のりである。ところが、松兵衛殿について、四郎右衛門殿の話では「此病人は大分心の労れ有之候間、六ヶ敷段被申聞候間、何分致方も無之段申候」とのことであった。それでも御符を貰い請け、「夫より帰りがけ、宿元へも帰り不申、其足にて松兵衛殿宅へ参り、様子うけ給り申候処、未だ何事も無之段に付」、御符を渡して「水初穂（＊みずはつお。朝一番に汲んだ清い水）」で飲むよう伝えて帰宅する。ところが、「翌十一日早朝にうけ玉り候処、松兵衛殿、さく夜病死致し候事承知致候。兎角私事、何か心持悪敷候」。それからめきめきと筆者の体調は悪化する。

翌十三日も前日同様灸治致し候処、何か跡にて背中へ板にても背負候様なる心持に相成候て、腹中少々むし動き候間、又々臍の両脇へ灸治いたし候得ば、腹中は少々納り候得共、兎角背中同様にて、昼後より背中より少々づゝ寒気立申候間、着物抔重て居申候得共、何分気分あしく相成候間、無拠右の様子、皆々へはなし、定て灸ぶるひ（＊語義未詳）なるべくと申候処、母はじめ気遣ひ候て、早々打ふし候様にと被申候間、早速臥具（＊夜具のこと）引冠り、少々休み居申候内、水落（＊みぞおち）の処、何か物のつかへ候様にて、猶々気分あしく候間、能々気を静め、打ふし拠候処、追々寒気も止、暖まり候にしたがひ熱気発し、つむりは何やら冠り居候様なる心持に相成り、殊の外太義に相成申候間、万屋良助殿（＊筆者かかりつけの医者のような薬屋）在宿にて候はゞ、参り呉候様相頼遣し候処、承知のよしの返事故、相待居候うち、漸々熱気覚候やらん、追々少々づゝ気分も相直り申候まゝ、夜具為臥(引)候て、起返り居候て、暫く居候うちに、又々熱気発し、惣身面部迄汗に相成候故、心中にて是は殊の外逆上いたし候やらん、ケ様の節、若哉狂気にても致し候ては、猶々相成不申と存候間、随分心を落し付居申候内に、〔…〕

このように自らの体調や心理状態の変化を、微に入り細に入り、延々と記述する。読み進めるうちに、こちらまで胸苦しくなってくる。もっとも、この後に下し薬を散々服用しており、コロリではなかったものと思われ、一七日ごろには快復している。それでも、自らの狂気の可能性にまで言及する文献は数少ないのではないか。コロリ禍を体験した者による上々のルポルタージュ文学となっている。

文学研究は著者を問う。この稀有な筆記を残してくれた真木迺家とは、一体どのような人物であったのか、気になってくる。ここで真木迺家について、あらためて整理をしておくと、文化一三年（一八一六）の生まれであるから、安政五年に四三歳。住居は南本所番場町。御蔵前の和泉屋源兵衛地面で、家の裏には和泉屋の広大な別荘があり、その前の長屋に住んでいた庶民階級である。安政二年の四、五年前までは、南馬道の味噌屋佐野倉の裏、花川戸町に住居していた。家業は、安政二年には蝋燭屋をしていたようであるが、文久二年（一八六二）の時点では寺子屋を営んでおり、「宅へ手習に参り候子供十二人、追々に不残はしか致し、皆々日立《ひだち》候間、無事に御座候事」などといった記事が見える。家族は、安政五年の時点で母七二歳、妻てつ三六歳、息子新平（真平とも）四歳の家族があり、後に文久二年以前に娘かなも生まれている。妻の実家は浅草竹門の岡崎屋徳兵衛方。

そして、真木迺家は宇田川町（芝神明前）の書肆、内野屋弥平次（治）と親しい関係にあった。本書のうち、文久二年の麻疹とコロリの流行を扱う「壬戌安泰録」に、同年七月五日、「夫より暑中見舞ながら、宇田川町弥平次様へ参り申候処、子息加蔵殿はじめ、見世奉公人両三人はしかにて、加蔵殿外壱人は日立申候て、今両人は峠に御座候由承り〔…〕」などとある。そして、内野屋の主筋にあたる大書肆、幕府の御書物師（武鑑の版元）をも務める横山町の出雲寺万次郎も登場する。右の翌六日、

「昼前四ツ時頃、内野屋弥平次様よりの手紙相届、使の人被申候は、出雲寺かた、お猶さま事、養生不相叶、さく五日夜、死去被致候赴、紙中にて何共気之毒ながら、諸方同様の流行病にて、施主人数不足に御座候間、殊に寄、御頼申度候間、迷惑ながら右の支度にて参り呉候様に御座候間〔…〕」とある。出雲寺万次郎の娘、お猶が麻疹で亡くなり、流行病で人少なのため、真木酒家にも葬送に参加するよう依頼され、真木酒家は知り合いからわざわざ上下や脇指しなどを借用して参列している。

さらに翌月、出雲寺方には不幸が重なる。「八月十二日暮六ツ時、弥平次殿方よりの手紙、横山町出雲寺より相届申候。右は去七日、出雲寺万次郎殿急病にて死去致され候得共、世継無御座候間、極内々仮葬致し置候。右に付、明十三日初七日法会、寺にて執行致候間、参詣致呉候様中参候間、翌十三日朝より芝山内花岳院へ参り候て〔…〕」とある。同月七日夜、万次郎が何事もなく床についてから、急激に容体が悪化し、手当の甲斐無く、翌朝七ツ時に亡くなったという(注)。どうも流行のコロリにより死去したらしい。以上のように真木酒家は書肆とも親交のある人で、ますますその正体がゆかしくなる。

まず、日本古典籍総合目録データベースによると、真木酒家の同じ名前で、東京大学附属図書館に『〈神仏〉道しるべ』なる写本の著書の存在することがわかる。写真を取り寄せてみると、我らが真木酒家と全く同筆であった。本の内容は、「御府内弁財天百社」「右之外三十社」「御府内南方四拾八ヶ所地蔵尊」「御府内山の手四拾八ヶ所地蔵尊」「御府内東方四拾八ヶ所地蔵尊」等々、江戸周辺の数多

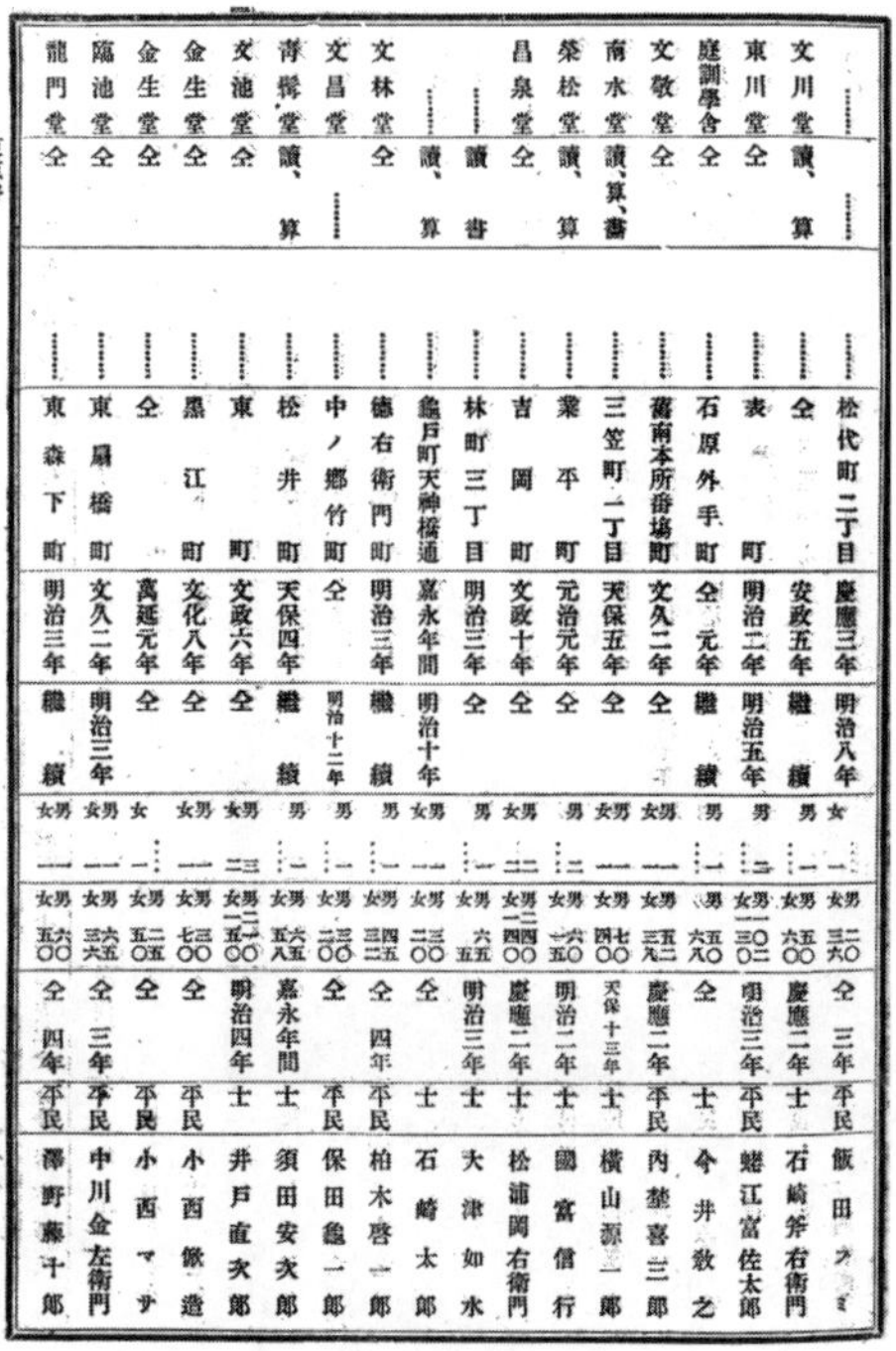
東京府

……	……		……	松代町二丁目	慶應三年	明治八年	女	一	男二〇 女三六	全 三年	平民	飯田ナミ
文川堂	讀、算		……	全	安政五年	繼續	男	一	男五〇 女六〇	慶應二年	士	石崎斧右衛門
東川堂	全		……	表町	明治二年	明治五年	男	二	男一〇二 女三〇	明治三年	平民	蜷江富佐太郎
庭訓學舍	全		……	石原外手町	全 元年	繼續	男	一	男五〇 女六八	全	士	今井敦之
文敬堂	全		……	舊南本所番場町	文久二年	全	男女	男一 女一	男五二 女三八	慶應二年	平民	内埜喜三郎
南水堂	讀、算、書		……	三笠町二丁目	天保五年	全	男女	男一 女一	男七〇 女四〇	天保十三年	士	横山源一郎
榮松堂	讀、算		……	業平町	元治元年	全	男	二	男六〇 女一五	明治二年	士	國富信行
昌泉堂	全		……	吉岡町	文政十年	全	男女	男二 女二	男二四〇 女一四〇	慶應二年	士	松浦岡右衛門
……	讀書		……	林町三丁目	明治三年	全	男	一	男六五 女五	明治三年	士	大津如水
……	讀、算		……	龜戸町天神橋通	嘉永年間	明治十年	男女	男一 女一	男三〇 女二〇	全	士	石崎太郎
文林堂	全		……	德右衛門町	明治三年	繼續	男	一	男四五 女三二	全 四年	平民	柏木啓一郎
文昌堂	……		……	中ノ郷竹町	全	明治十二年	男	一	男三〇 女二〇	全	平民	保田亀一郎
菁莪堂	讀、算		……	松井町	天保四年	繼續	男	一	男六五 女五八	嘉永年間	士	須田安次郎
文池堂	全		……	東町	文政六年	全	男女	男三 女二	男二一〇 女一五〇	明治四年	士	井戸直次郎
金生堂	全		……	黒江町	文化八年	全	男女	男一 女一	男三〇 女七〇	全	平民	小西條造
金生堂	全		……	全	萬延元年	全	女	一	男二五 女五〇	全	平民	小西マサ
臨池堂	全		……	東扇橋町	文久二年	明治三年	男女	男一 女一	男六五 女三六	全 三年	平民	中川金左衛門
龍門堂	全		……	東森下町	明治三年	繼續	男女	男一 女一	男六〇 女五〇	全 四年	平民	澤野藤十郎

一七七

図2　『日本教育史資料』

くの揃物の社寺について、所在地などを注記して列挙した一覧書である。序跋はなく、編纂意図は不明ながら、足で稼いで編んだ労作であるように思われる。信心深い人であったらしい。奥に「于時嘉永元申年秋九月下旬／真木迺家戯編（朱長方印「元子」）」とあるから、著者三三歳の編著である。「元子」というのは字か別号か。

ところで、真木迺家は寺子屋を営んでいた。そのことを手がかりに、明治二五年（一八九二）、文部省編刊『日本教育史資料』を見る。同書については、岩瀬文庫の蔵書でその存在と充実した内容を承知していた。新時代の教育制度の近代化を図るにあたり、過去に各地で行われた教育を徹底的に調べ上げた偉大な資料集である。殊に旧幕時代の生き証人が多数生存する、この時期に編纂した意義は甚大で、昔の文部省は良い仕事をしてくれている。その全十冊のうち、第八冊の中の巻二三、各府県で幕末明治に存在した私塾や寺子屋を収める巻を見ると、東京府の寺子屋一覧表の中に重要な記事があった（図2、国会図書館蔵本）。

その名称は文敬堂。読み書き、算盤を教える寺子屋で、所在地は旧南本所番場町。文久二年の開業で、教師は男一名、女一名。生徒数は男子五二人、女子三八人と、そこそこの数の子どもを集めている。慶応二年（一八六六）の調査時点で、習字師つまり塾長の教師の名は平民の内埜喜三郎。ここでぴんとくる。この内埜（野）喜三郎こそ、書肆内野屋弥平次の縁者で、真木洒家その人ではないのか。

縷々見てきたように、真木洒家は恐るべき観察力と描写力の持ち主であった。書いた文字にも独特の魅力がある。しかも書肆と親しかった。そうであるならば、刊行された著書があったとしても不思議ではない。そこで日本古典籍総合目録データベースから、内野姓の者の著作を全て見る。すると、内野善邦という人が、慶応二年刊『女訓手習鏡』という書物を著していることを知る。国文学研究資料館と国会図書館の画像データベースから同書の版面を確認すると、果たして真木洒家による版下筆蹟で、少し勘亭流の入った癖の強い筆蹟は見紛うべくもない。しかも同書は内野屋弥平次を主版元とする刊行であった。ここにおいて

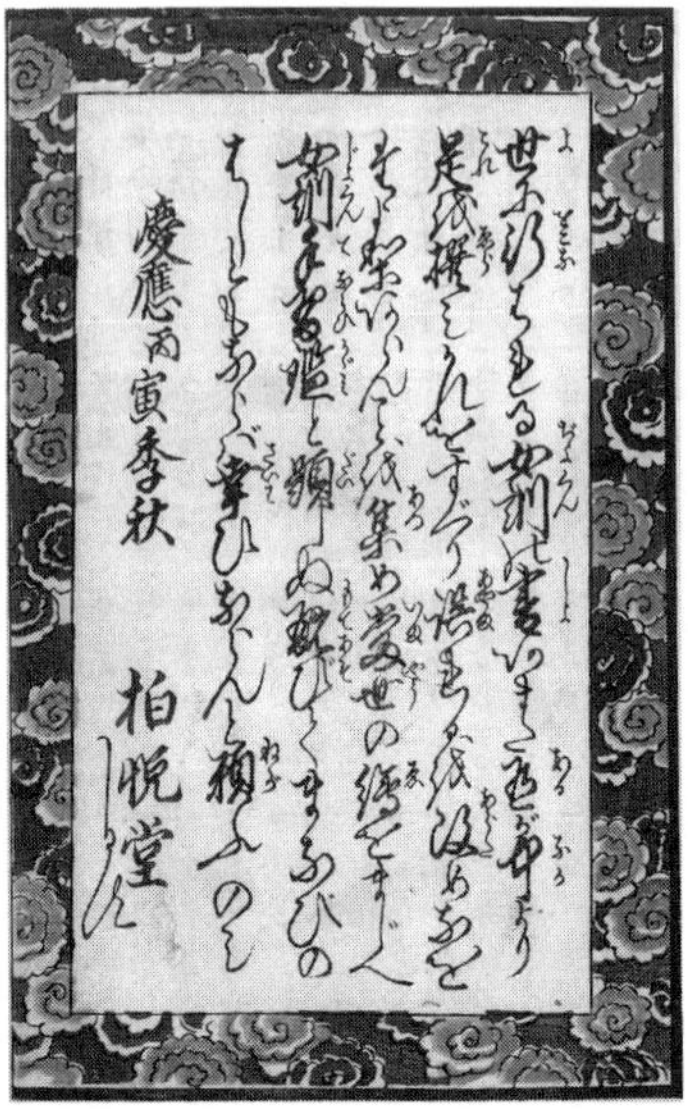

図3　『〈御家〉女訓手習かゞみ』序文

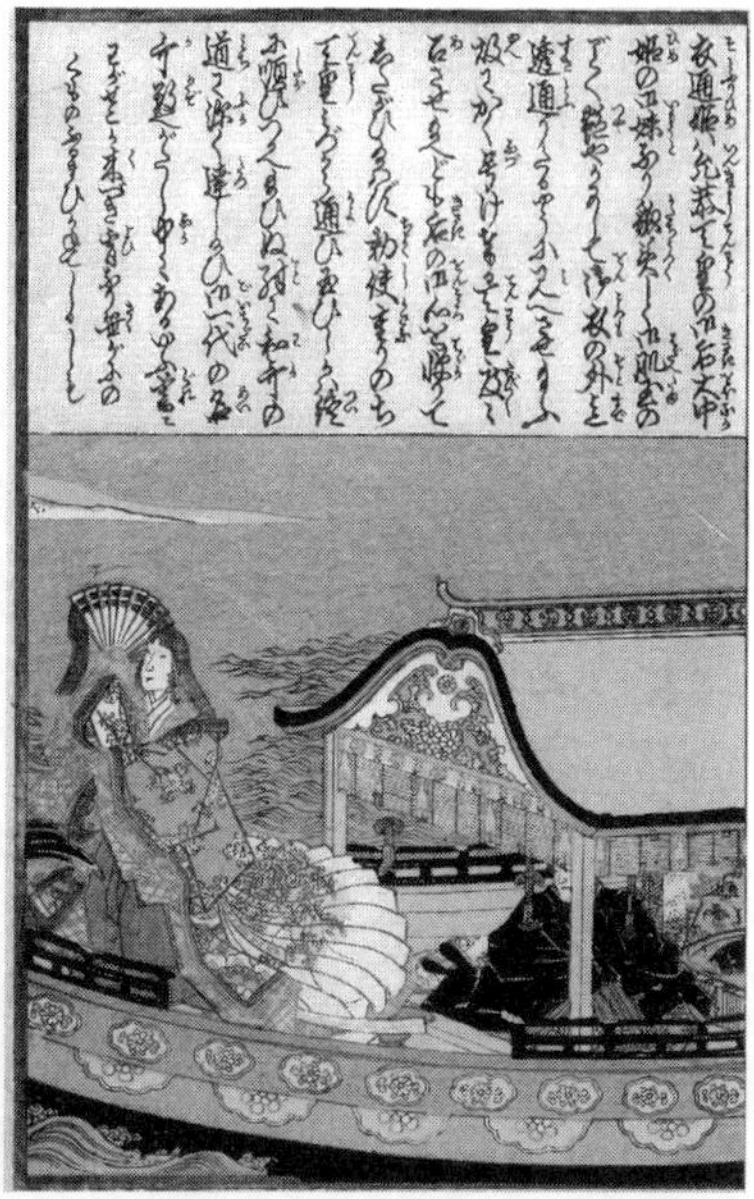
図4　『〈御家〉女訓手習かゞみ』口絵

真木迺家の本名は内野善邦、通称は喜三郎、別号文敬堂と確定する。
ちょうど以上のことに気付いた令和二年（二〇二〇）一二月初旬、大阪の古書肆、中尾松泉堂書店より届いた古書目録に、たまたま同書が載っており、すぐさま注文、首尾能く入手することが出来た。まことに日本の古書業界はありがたい。しかも届いた本は原装、極美の初版本で、中本で出すべき本を、余白を大きくとって半紙本に仕立てた特装本であった。以下、その新収本により『〈御家〉女訓手習かゞみ』の書誌を記述しておく（図3〜5）。
版本、小ぶりの半紙本一冊。二二・四×一四・八糎。本文一丁表の匡郭内寸は一五・九×一〇・一糎で、これは中本に仕立てて然るべき寸法である。原装水浅葱色表紙、下部に霞に小松（藍刷）、布目（型押）。原題簽左肩双辺「〈御家〉女訓手習かゝみ　全」（一七・〇×三・五糎）。これは半紙本用の題簽寸法である。見返「文敬堂先生輯／〈御家〉女訓手習鏡　全／〈一名女子往来〉／東都書林　柏悦堂」。序全文「世に行はれる女訓の書あまた有が中より是を撰みかれをすぐり誤れるを改めなをたよりあらんことを集め当世《いまやう》の絵をまじへ女訓手習鑑と題しぬ翫びてまなびのはしともならば幸ひならんと願ふのみ／慶応丙寅（二年）季秋　柏悦堂しるす」。奥書・刊記「慶応二丙寅年新刻（刻印「行事改印」）／文敬堂内野善邦輯書（刻印「文敬堂」）／画工　歌川国貞（書判の刻印）／京摂書林〈京三条通升屋町〉出雲寺文次郎／〈大阪心斎橋南一丁目〉敦賀屋九兵衛／江戸書林〈横山町一丁目〉出雲寺万次郎／〈日本橋通一丁目〉須原屋茂兵衛／〈芝神明前〉岡田屋嘉七／〈通二丁目〉山城屋佐兵衛／〈浅草茅町〉須原屋伊八／〈芝神明前〉和泉屋吉兵衛／〈通二丁目〉須原屋新兵衛／〈横山町三丁目〉和泉屋金右ヱ門／〈通四丁目〉須原屋佐助／〈馬喰町二丁目〉森屋治兵衛／〈芝神明前〉和泉屋市兵衛／〈本石町十軒店〉播磨屋喜右ヱ門／〈馬喰町二丁目〉山口屋藤兵衛／〈池ノ端仲町〉岡村庄助／〈銀座三丁目〉山城屋政吉／〈芝神明前〉内野屋弥平治梓」。本文百十丁裏、「女用文章」の末にも刊記があり、「慶応二丙寅刻／東都書林　内野屋弥平治梓」とある。版心下部に丁付、ナシ（序と目録）、ロノ一～六、一～百六十九、ナ

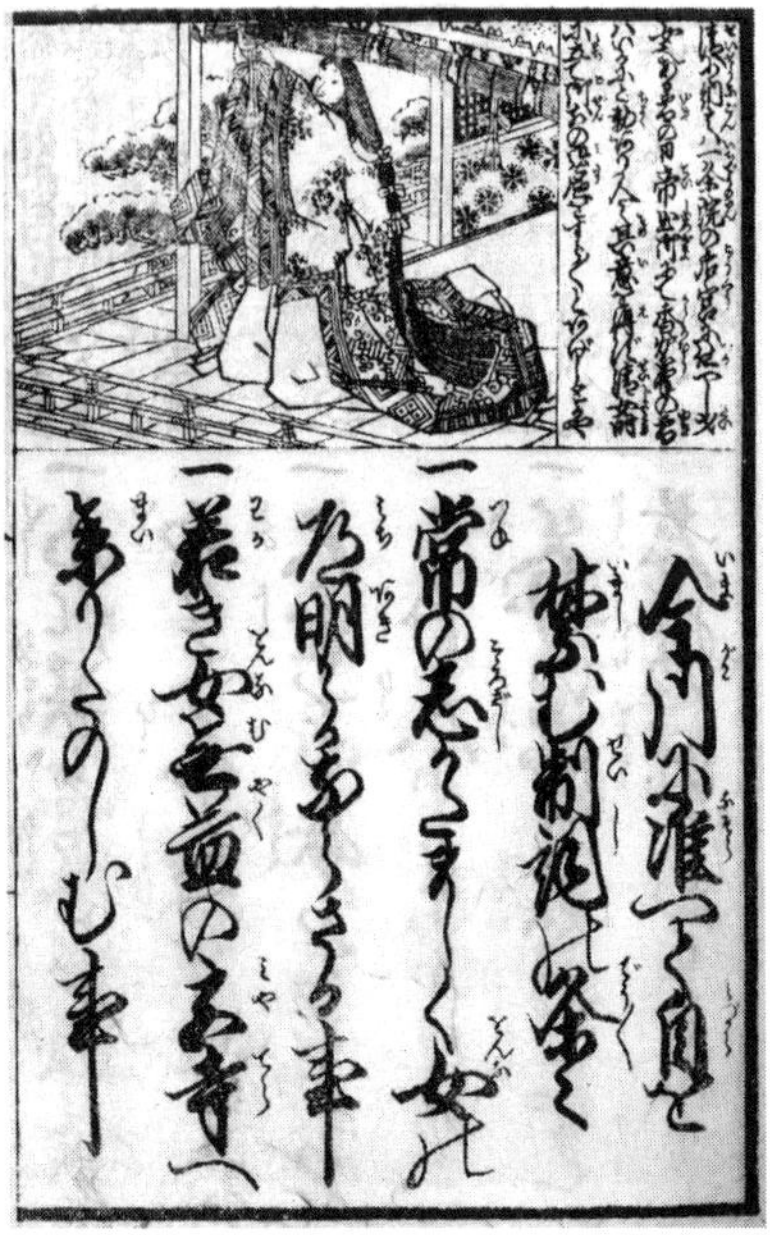

図５『〈御家〉女訓手習かゞみ』冒頭部

シ（刊記）。これに加えて、前見返に封面が、後見返に刊記の続きが、それぞれ刷られている。見返と序・目録、口絵六丁には彩色刷の絵が入り、奉書紙に刷る。口絵は濃墨刷や雲母刷に、布目や檀紙紋の空押をも施した極彩色刷の精緻なもの。そのほか多数のコマ絵が配されており、何れも二代目歌川国貞による、力の込もった画作である。版下は題簽や見返から刊記の末に至るまで一筆で、真木迺家こと内野善邦の筆蹟。

「女今川」「女手習教訓書」「女大学」「女用文章」「女江戸方角」等々に雑知識集を加え、数多くの当世風俗のコマ絵を交えた、懇切な造りの女子用往来物である。小口の箇所で厚さ三・八糎に及ぶ厚冊で、江戸時代最後の慶応年間の刊本として、江戸期の女訓書を集大成したかの如き観さえある豊富な内容となっている。なお、見返および序文末に見える「柏悦堂」というのは、主版元の内野屋弥平次の別号であるが、文化年間に出版活動のある下谷御成小路の書肆、柏屋忠七の別号でもあり、両者には何らかの関係があった可能性がある。

さて、本書は内容の充実ぶりに相応して伝本が多く、よく売れたことが知られる。諸本未精査ながら、後版が少なくとも二種類あることがわかっている。一は書型を中本に改め、それに伴い、原題簽の角書「御／家」を削除して寸法を縮める。見返の「東都書林」を「東京書林」に、刊記の「江戸／書林」の「江戸」を「東京」に改める。また口絵の極彩色刷りを省略する。江戸が東京と改称された、慶応四年七月以降の出来であろう。一はさらに後版でやはり中本、刊記のうち「京摂書林」の二肆を削除し、「明治十六年六月十九日再版御届／書舗　出版人　〈東京芝区宇田川町十八番地〉内野弥平治」と改める。この明治版は本文にも一部改訂箇所が見られ、たとえば見出しの「女江戸方角」を「女東京名所方角」に、その本文の「大江戸」を「東京」に、「まつ御城外」を「先御所の外」に改めたり、「都路往来」本文の「二川や和ふく風《やは》の吉田こそ」を「二川と豊橋こゆる往来こそ」に改めたりしている。注目すべきは、その改訂後の文字も、内野善邦の筆と認められることで、少なくとも明治一六年までは健在であったことが知られる。時に六五歳となっていたはずである。以上、偉大なルポルタージュ作者の実名と事績の一端が判明したことを、慶びとともに報告した。

（注）出版史の一資料として、出雲寺万次郎の死去に至る様子についての伝聞を記した箇所を以下に引いておく。「一、出雲寺万次郎殿病体承り申候所、去る（＊文久二年八月）五日、一周忌仏事にて寺参被致、宇田川町（＊内野屋弥平次のこと）へも立寄、酒など給り、何の替り候事もなく帰宅、翌六日も何事もなく、同七日暮時、気分替り候事もなく候て、少々瀉し候てのち、入湯に参り、気分もよく候哉、毎々よりも時刻をうつし、咄など致し居候様子にて帰宅いたし、其後酒を給り居申候内、何か耳のうち気味あしく成候まゝ、吹呉れ候よふ被申、其後何事なく打臥候節、又々便所へ参り申候所、殊外腹下り申候得共、気分にさして替り候事もなく候哉、其侭にて打臥申候処、暫時過、又候便所へ参り申候て、又々大分瀉し申候内より気分悪敷相成、其侭あしたち不申候より、皆々驚き騒ぎ立申候は、四ツ時半過、九ツにも相成可申哉。夫より諸々へ人など出申候。尤右の内、夫々に手当も致し候事宇田川丁へは八ツ時頃、人参り申候間、早速駈付申候

所、明七ツ時頃と存申候、其侭容躰見請申候処、当人正気にて候得共、手足は冷へわたり、胸塞り居、殊の外苦敷見へ申候得共、胸を開らき候様致し呉候様被申候得共、針も請付不申候。致しかたなく灸治致し、陽気引返し可申と存、足の先へ居可申候段申候処、当人の申候は、気色たしかに候まゝ、灸治には及び不申候段に候間、袋灸などすへ申候にはなく、只の灸治致し候段達て申、両足の大指の頭へ五火づゝすへ申候処、足は冷へ居申候間、熱気あるまじくと存候処、当人あつきよし申候間、然らば格別の事もあるまじくと存、臍など塩温石にて入替〳〵温め申候。足も冷たくなり居候まゝ、惣の指先へ灸治いたし、引返し可申と存候所、当人あつきよし申候間、別条もある間敷と存候。其まゝにいたし、胸のひらき候手当のみ、色々服薬など為致候得共、胸開らき不申、其上最早より惣身の筋を結申候て、終に手当も行届がたく、死去申候段被申候事」。

王朝文学における疫病

大井田　晴彦

一　王朝文化の光と影・疫病の時代

王朝文化の最盛期である一〇世紀末から一一世紀初頭は、疫病が猛威を振るった時期でもあった。華やかな王朝文化の隆盛は、絶えざる死の恐怖と隣り合わせのものだった。『日本紀略』の関連記事を摘記する[1]。

天延二年（九七四）
・（八月）二十八日癸卯、紫宸殿前庭、建礼門、朱雀門に於いて大祓す。天暦元年八月十五日の例に依りて之を行ふ。是れ疱瘡の災を除く為なり。

正暦四年（九九三）
・（九月）八日癸丑、伊勢以下十六社に奉幣す。疱瘡の災を払ふに依りてなり。

・（六月）今月、人民悉く咳疫す。五六月の間、咳逆疫有り。

・（八月）二十一日丙子、紫宸殿、建礼門、朱雀門にて大祓す。天変並びに疱瘡に依りてなり。

・七八月の間、天台山門の徒乱逆有り。又疱瘡の患有り。

・（閏十月）二十日甲辰、重ねて故正一位左大臣菅原朝臣に太政大臣を贈る。

正暦五年（九九四）

・（四月）十日辛卯、南殿、建礼門、朱雀門にて大祓。疾疫の難を消す為なり。

・（四月）二十四日乙巳、宣旨下さる。云はく、京中路頭病人甚だ多し。宜しく之を安置せしむべし。
二十五日丙午、八省院東廊に於いて大祓。疾疫に依りて奉幣せらるなり。二十七日戊申、伊勢以下諸社に奉幣す。疾疫を救消する為なり。

・去んぬる四月より七月に至るまで、京師の死者半ばを過ぐ。五位以上は六十七人。

・今年、正月より十二月に至るまで、天下の疫癘最も盛んなり。鎮西より起こりて七道に遍満す。

長徳元年（九九五）

・（四月）十一日丁亥、子の刻、入道関白藤原朝臣道隆、南院に薨ず。

・（四月）二十四日庚子、（略）正二位大納言兼右近衛大将藤原朝臣済時薨ず。

・（五月）八日癸丑、左大臣正二位源朝臣重信薨ず。同日、関白右大臣正二位藤原道兼薨ず。〔…〕従二位中納言源朝臣保光薨ず。

・今年四月より五月に至るまで、疾疫殊に盛んなり。七月に至りて、頗る散ず。納言以上薨ずる者二人、四位七人、五位五十四人、六位以下僧侶等は勝げて計ふべからず。但し下人には及ばず。

長徳四年（九九八）

・（七月）今月、天下衆庶疱瘡を患ふ。世に之を稲目瘡と号く。又赤疱瘡と号く。天下、此の病を免るる者無し。

長保二年（一〇〇〇）

・今年の冬、疫死甚だ盛んなり。鎮西より京師に至る。

長保三年（一〇〇一）

・（五月）九日庚辰、紫野に於いて疫神を祭る。御霊会と号く。天下の疾疫に依りてなり。

・去冬より始めて今年七月に至るまで、天下の疫死大いに盛んなり。道路の死骸、其の数を知らず。況んや斂葬の輩に於いては、幾萬人かを知らず。

疱瘡（もがさ・天然痘）が多いが、咳疫（感冒・インフルエンザ）の例も見られる。身分の貴賤を問わず、病は人々の命を奪う。道路には無数の死者が溢れる、酸鼻を極める惨状である。むろん朝廷は無策だったわけではなく、大祓や奉幣を頻繁に行っている。正暦四年、菅原道真への太政大臣追贈の記事も注目される。死してほぼ一世紀、その怨念への人々の恐怖は依然として強かったのである。長保三年には御霊会も行われている。疫病終熄への悲願は、繰り返される改元にもうかがえる。

二　天延二年の疫病　挙賢・義孝兄弟の死

病魔は身分に関わらず、容赦なく人々を襲う。大臣、公卿といえど病には無力である。実際、多くの公卿が病に斃れ、疫病の流行は、政界を一新、政治権勢を大きく動かすこととなった。とりわけ名門の貴公子の夭折は哀切であり、世の人々は、その早すぎる死に涙した。天延二年の疫病の流行は、藤原挙賢・義孝兄弟の命を一日のうちに奪ったものとして知られている。

①男君達は、代明親王の御女の腹に、前少将挙賢、後少将義孝とて、花を折りたまひし君達の、殿（伊尹）失せたまひて、三年ばかりありて、天延二年庚戌の年、疱瘡おこりたるにわづらひたまひて、前少将は、朝に失せ、後少将は、夕べに隠れたまひにしぞかし。一日がうちに、二人の子を失ひたまへりし、母北の方の御心地、いかなりけむ、いとこそ悲しくうけたまはりしか。かの後少将は、義孝とぞ聞こえし、御かたちいとめでたくおはし、年ごろきはめたる道心者にぞおはしける。病重くなるままに、生くべくもおぼえたまはざりければ、母上に申したまひけるやう、「おのれ死にはべりぬとも、とかく例のやうにせさせたまふな。しばし法華経誦じたてまつらむの本意はべれば、必ず帰りまうで来べし」とのたまひて、方便品を読みたてまつりたまうて

ぞ、失せたまひける。その遺言を、母北の方忘れたまふべきにはあらねども、ものもおぼえでおはしければ、思ふに人のしたてまつりけるにや、枕返しなにやと、例のやうなるありさまどもにしてければ、え帰りたまはずなりにけり。後に、母北の方の御夢に見えたまへる、

しかばかり契りしものを渡り川かへるほどには忘るべしやは

とぞ詠みたまひける、いかに悔しく思しけむな。

さて後、ほど経て、賀縁阿闍梨と申す僧の夢に、この君達二人おはしけるが、兄前少将、いたうもの思へるさまにて、この後少将は、いと心地よげなるさまにておはしければ、阿闍梨、「君はなど心地よげにておはする。母上は、君をこそ、兄君よりは、いみじう恋ひ聞こえたまふめれ」と聞こえければ、いとあたはぬさまの気色にて、

しぐれとは蓮の花ぞ散りまがふなにふるさとに袖濡らすらむ

など、うち詠みたまひける。

（大鏡・伊尹　新編日本古典文学全集・一七六〜一七八頁）

九条師輔の嫡男、伊尹（一条摂政）は、歌物語的私家集『豊蔭』を遺す歌人でもある。天禄三年（九七二）に四九歳の若さで薨去した。もっとも、その死因は疫病ではなく、「水をのみ聞こし召せど」（栄花物語・花山たづぬる中納言）とあるように、飲水病（糖尿病）と考えられる。伊尹の後に関白太政大臣に任ぜられたのが弟の兼通である。伊尹の死の二年後、天延二年九月一六日、二人の子息が疱瘡

により世を去ることになる。兄挙賢は二二歳、弟義孝は二一歳という若さである。とりわけ義孝は容姿端麗、和歌の才にも恵まれ、また深い信仰心の持ち主であり、理想的な貴公子であった。右の『大鏡』の記事によれば、動転した母が、生前の約束を違えたために蘇生が叶わなかったのだという。しかし、賀縁の夢に現れた満足そうな姿からは往生を遂げたとも察せられる。ともあれ「君がため惜しからざりし命さへ長くもがなと思ひけるかな」(後拾遺集・恋二・六六九、百人一首)の願いも虚しく、義孝は早世した。なお、この兄弟の姉、懐子(花山天皇生母)もまた、翌天延三年に薨去している。不遇続きの一門である。

世を震撼させた、この疫病は、『蜻蛉日記』にも語られている。日記の末尾近くに、次のような記事がある。

②八月になりぬ。この世の中は、疱瘡おこりてののしる。二十日のほどに、このわたりにも来にたり。助(道綱)いふかたなく重くわづらふ。(略)九月ついたちにおこたりぬ。〔…〕疱瘡、世界にも盛りにて、この一条の太政の大殿(伊尹)の少将、二人ながら(挙賢・義孝)、その月の十六日に亡くなりぬといひ騒ぐ。思ひやるもいみじきこと限りなし。これを聞くも、おこたりにたる人ぞゆゆしき。〔…〕二十日あまりに、いとめづらしき文にて、(兼家)「助はいかにぞ。ここなる人(時姫とその出生の子女)はみなおこたりにたるに、いかなれば見えざらむと、おぼつかな

さになむ。」

（蜻蛉日記・下巻・天延二年　新潮日本古典集成・二六〇〜二六一頁）

道綱は罹患したものの、間もなく回復した。兼家と時姫腹の子たちも大事に至らなかった。強運の持ち主と言うべきだろう。権力の座をめぐって骨肉の争いを繰り広げた、兄兼通も貞元二年（九七七）一一月に薨去、ついに兼家の天下となるのである。競争相手である兄たちのうち続く病死によって、兼家に権勢が訪れた。「病」が政治権勢を大きく動かす要因となっている点に、あらためて注意されるのである。

三　『枕草子』「病は」と中関白家の長徳元年

『枕草子』に「病は」という段がある。

①病は、胸。もののけ。脚の気。はては、ただそこはかとなくて、もの食はれぬ心地。十八、九ばかりの人の、髪いとうるはしくて、丈ばかりに、裾いとふさやかなる、いとよう肥えて、いみじう色白う、顔愛敬づき、よしと見ゆるが、歯をいみじう病みて、額髪もしとどに泣き濡らし、乱れかかるも知らず。面もいと赤くて、押さへていたるこそ、いとをかしけれ。八月ばかりに、白き単衣なよらかなるに、袴よきほどにて、紫苑の衣の、いとあてやかなるをひきかけて、胸を

いみじう病めば、友達の女房など、かずかず来つつとぶらひ、外の方にも、若やかなる君達あまた来て、「いと、いとほしきわざかな」「例も、かうや悩みたまふ」など、ことなしびに言ふもあり。心かけたる人は、まことにいとほしと思ひ嘆きたるこそ、をかしけれ。いとうるはしう長き髪を引き結ひて、物つくとて、起き上がりたる気色も、らうたげなり。上にも聞こし召して、御読経の僧の、声よき賜はせたれば、几帳引き寄せて据ゑたり。ほどもなき狭さなれば、とぶらひ人あまた来て、経聞きなどするも隠れなきに、目を配りて読みゐたるこそ、罪や得らむとおぼゆれ。

（枕草子　新潮日本古典集成・下・八三～八五頁）

引用は三巻本によるが、前田家本に「はら」が加わる他は、諸本に大きな異同はない。いくつかの病名か列挙され、そこから自由な連想が展開してゆく。「胸」は、心臓、肺、さらには胃をいう。当時は「もののけ」も病の一つと見なされていた。ここで筆者は、病人に共感し、苦痛を共有しているわけではない。病人の様子を、距離を置いて客観的に、「をかしけれ」「らうたげなり」と美的対象として描いている。不健康なものに美を見出しているのが興味深い。本段は、いかにも『枕草子』的な章段といえよう。また、病人をめぐる人々の態度のそれぞれにも関心があるようである。多種の奇病をグロテスクかつユーモラスに描く『病草紙』とは対照的である。歯を病む図は『病草子』にも見えるが、むさ苦しい中年男のそれであり、本段の若い娘とは程遠い。

この段が黙して語らない病気に注意に注意したい。一つは、「疱瘡」などの疫病、もう一つは「飲水病（糖尿病）」である。どちらも美的でない、美意識にそぐわないというのが理由の一つではあろうが、清少納言の仕える中関白家の事情と関わるのではないか。

②関白になり栄えさせたまて六年ばかりやおはしけむ、大疫癘《おほえきれい》の年こそ失せたまひけれ。されど、その御病にはあらで、御酒《みき》の乱れさせたまひにしになり。男は、上戸、一つの興のことにすれど、過ぎぬるはいと不便なる折はべりや。（大鏡・道隆　新編日本古典文学全集・二五一～二五二頁）

③はかなく年も暮れて、正暦五年といふ。いかなるにか今年世の中騒がしう、春よりわづらふ人々多く、道大路にもゆゆしき物ども多かり。〔…〕かかるほどに冬つ方になりて、関白殿水をのみ聞こし召して、いみじう細らせたまへりといふことありて、内裏などにもをさをさ参らせたまはず。〔…〕年もかへりぬ。内裏には中宮（定子）並びなきさまにておはします。東宮は淑景舎（原子）いかにと見たてまつる。かくて長徳元年正月より世の中いと騒がしうなりたちぬれば、残るべうも思ひたらぬ、いとあはれなり。女院（詮子）には、関白殿の御心地をぞ恐ろしう思す方はさるものにて、世の中心のどかにしも思し掟てずやと、さまざまに思し乱れさせたまふ。今年はまづ下人などは、いといみじう、ただこのごろのほどに失せ果てぬらむと見ゆ。四位、五位

などの亡くなるをばさらにもいはず、今は上にあがりぬべしなど言ふ。〔…〕関白殿の御心地いと重し。四月六日出家せさせたまふ。あはれに悲しきことに思しまどふ。北の方（貴子）やがて尼になりたまひぬ。さるは内大臣殿（伊周）、昨日ぞ随身などさまざま得させたまへる。かくて、あはれにいかにいかにと殿の内思しまどふに、四月十日、入道殿失せさせたまひぬ。あないみじと、世ののしりたり。

（栄花物語・見果てぬ夢　新編日本古典文学全集①二〇三～二一〇頁）

兼家の後を継いで、長男、中関白道隆の世となった。その長女が一条天皇中宮定子、すなわち清少納言の主人である。中関白家の栄花は長続きしなかった。やはり疫病が猖獗を極めた長徳元年四月、道隆は薨去する。『大鏡』に語られるように、流行病ではなく、多量の飲酒による糖尿病が死因であった。

④（道隆）「あれは、誰ぞや。かの御簾の間より見ゆるは」と、とがめさせたまふに、（中宮定子）「少納言が、ものゆかしがりて、はべるならむ」と申させたまへば、（道隆）「あな、恥づかし。かれは、いと古き得意を。いと憎さげなる娘ども持たりともこそ、見はべれ」などのたまふ御気色、いとしたり顔なり。あなたにも、御膳参る。（道隆）「うらやましう、方々の、みな参りぬめり。とく聞こし召して、翁、嫗に、御おろしをだに賜へ」など、日一日、ただ猿楽言をのみした

まふほどに〔…〕殿など還らせたまひてぞ、（中宮は）上らせたまふ。道のほども、殿の御猿楽言に、いみじう笑ひて、ほとほと打橋よりも、落ちぬべし。

（枕草子・淑景舎、東宮に参りたまふほど　集成・上・二五〇～二五五頁）

右は長徳元年二月一八日の記事。この年正月に、次女原子が春宮居貞親王（後の三条天皇）に入内したばかりである。一門の栄花の絶頂であり、幸福な家族の肖像ともいうべき章段である。道隆は得意の猿楽言で女房たちを笑わせる。すでに病状はかなり悪化していたはずだが、いささかも苦しげなそぶりを見せない。努めて周囲を明るくしようとする、道隆の態度は見上げたものである。本段の道隆の姿は、次の『大鏡』のそれにも共通する。

⑤御病づきて失せたまひける時、西にかき向けたてまつりて、「念仏申させたまへ」と人々の勧めたてまつりければ、「済時、朝光なんどもや極楽にはあらむずらむ」と仰せられけるほど、あはれなれ。〔…〕御かたちぞいと清らにおはしましし。帥殿（伊周）に天下執行の宣旨下したてまつりに、この民部卿殿（俊賢）の、頭弁にて参りたまひけるに、「御病いたくせめて、御装束もえ奉らざりければ、御直衣にて御簾の外にゐざり出でさせたまふに、長押をおりわづらはせたまて、女装束手に取りて、かたのやうにかづけさせたまひしなむ、いとあはれなりし。こと人のさ

ばかりなりたらむは、ことやうなるべきを、なほいとかはらかにおはせしかば、病づきてしもこそかたちはいるべかりけれ、となむ見えし」とこそ、民部卿はつねにのたまふなれ。

（大鏡・道隆　二五四～二五五頁）

いよいよ臨終となり、念仏を人に勧められた道隆は、済時や朝光と極楽で盃を交わすことを願う。いかにも道隆らしい猿楽言である。実際に、四月二一日には朝光が、同二三日には済時が、酒友道隆を追うように世を去るのだった。道隆の出家によって嫡男伊周に内覧の宣旨が下った。平素と変わらぬ端正な姿態で、勅使の俊賢に禄を与えたのだという。ここに道隆の矜恃と強靱な精神力を見る。さて、道隆薨去の後、四月二七日に関白となったのが弟の道兼であるが、俗に「七日関白」と呼ばれるように、翌五月八日には病死してしまい、短期政権は終焉を迎える。

道隆、続く道兼の死によって、権勢は道長の手に移る。兄たちの病死によって権力を掌握した、父兼家と同じ僥倖に恵まれたのである。対して中関白家は衰退の一途をたどる。主家没落の原因となった道隆の「飲水病」、また、政局を大きく揺るがした長徳元年の疫病の記憶が強烈であるだけに、「病は」の段では、これらの病気が語られないのだろう。主家衰退の悲哀は描かず、明るく美しい側面を強調して語る『枕草子』の性格―それは中関白家の美学そのものである―が「病は」の段にもうかがえる。それにつけても当時の政治権勢の推移が、「病」に大きく左右されていることが知られるのである。

四　源氏物語の病（一）　夕顔巻のもののけと病

次に、『源氏物語』の病について見ていきたい。(2)病死する作中人物は数多いが、（もののけを除くと）その具体的な病名や症状は語られない。北山の僧都の次の発言のように、心労が重なって病状が悪化し、死に至る、いわゆる「病は気から」という例が、ほとんどである。

①「むすめただ一人はべりし。亡せて、この十余年にやなりはべりぬらむ。故大納言、内裏にたてまつらむなど、かしこういつきはべりしを、その本意のごとくもものしはべらで、過ぎはべりにしかば、ただこの尼君、一人もてあつかひはべりしほどに、いかなる人のしわざにか、兵部卿宮なむ、忍びて語らひつきたまへりけるを、本の北の方、やむごとなくなどして、安からぬこと多くて、明け暮れ物を思ひてなむ、亡くなりはべりにし。物思ひに病づくものと、目に近く見たまへし。」

（若紫　新編日本古典文学全集①二一二〜二一三頁）

「身」と「心」の関係について深い思索を重ねる、この物語の作者にとって「病」は「心」の作用と不可分のものであった。ところで疫病の流行は、若紫巻に、「去年の夏も世におこりて、人々まじなひわづらひし」（①一九九頁）とあるのを見る程度である。流行病で落命した主要人物の例はない。物語の世界では、現実に作者の生きていた時代とは異なり、さほど疫病の猛威はないようである。多くの人々を無差別に一瞬にして葬り去る疫病は、個人個人の死に至る必然を語ってゆく、この物語にはふさわしくない。また、疫病が語られないのは、いわゆる聖代観とも関わるのではないか。聖代と称賛される桐壺朝や冷泉朝に、疫病の蔓延はあってはならないし、あるはずもない。ただし朱雀朝および冷泉朝の初期に「朝廷に、もののさとししきりて、もの騒がしきこと多かり」（明石　②二五一頁）、「おほかた世の中騒がしくて、朝廷ざまに、もののさとししげく、のどかならで、『天つ空にも、例に違へる月日星の光見え、雲のたたずまひあり』とのみ、世の人おどろくこと多くて」（薄雲　②四四三頁）などとある、天変地異、災害の記事は疫病の流行も含めて示唆しているのかもしれない。

夕顔巻、一七歳の光源氏は、大病に煩い、生死の境を彷徨う。夕顔の女と出逢い、逢瀬を重ねてゆく。何かに憑かれたかのように、情欲に耽溺してゆくのである。若さゆえの好奇心も手伝って、荒廃した「なにがしの院」（源融の河原院がモデル）へと源氏は夕顔を誘い、アヴァンチュールを楽しむ。

②日たくるほどに起きたまひて、格子手づから上げたまふ。いといたく荒れて、人目もなくはるばると見渡されて、木立いとうとましくものふりたり。け近き草木などは、ことに見所なく、みな秋の野らにて、池も水草に埋もれたれば、いとけうとげになりにける所かな。別納の方にぞ、

曹司などして、人住むべかめれど、こなたは離れたり。（源氏）「けうとくもなりにける所かな。さりとも、鬼なども我をば見許してむ」とのたまふ。

顔はなほ隠したまへれど、女のいとつらしと思へれば、げに、かばかりにて隔てあらむも、ことのさまに違ひたりと思して、

（源氏）「夕露に紐とく花は玉鉾のたよりに見えし縁にこそありけれ

露の光やいかに」とのたまへば、後目に見おこせて、

（夕顔）光ありと見し夕顔のうは露はたそかれ時のそら目なりけり

とほのかに言ふ。をかしと思しなす。げに、うちとけたまへるさま、世になく、所から、まいてゆゆしきまで見えたまふ。〔…〕宵過ぐるほど、すこし寝入りたまへるに、御枕上に、いとをかしげなる女ゐて、「おのがいとめでたしと見たてまつるをば、尋ね思ほさで、かく、ことなることなき人を率ておはして、時めかしたまふこそ、いとめざましくつらけれ」とて、この御かたはらの人をかき起こさむとす、と見たまふ。物に襲はるる心地して、おどろきたまへれば、火も消えにけり。〔…〕まづ、この人いかになりぬるぞと思ほす心騒ぎに、身の上も知られたまはず添ひ臥して、「やや」とおどろかしたまへど、ただ冷えに冷え入りて、息はとく絶え果てにけり。言はむ方なし。

（夕顔　①一六一～一六七頁）

三輪山神婚譚のごとく互いに素性を隠しつつ、「あやし」の逢瀬を楽しんでいた二人だが、ついに源氏は覆面《マスク》を取り、素顔を見せる。その顔は「ゆゆしきまで」美しい。「ゆゆし」とは、鬼神に魅入られて命を奪われかねないほどの、禍々しいまでの美しさを意味する。源氏の「鬼なども我をば見許してむ」の発言と照応していよう。「いとどこの世のものならずきよらにおよすけたまへりければ、いとゆゆしう思したり」（桐壺 ①三七頁）、「神など空にめでつべき容貌かな。うたてゆゆし」（紅葉賀　①三二二頁）など、幼少期・青年期の光源氏の形容に頻用される語である。いわば若き日の源氏は、常に「死」の危うさに囲繞されていたのであった。ちなみに、かかる危険な状況にある源氏を救抜し、庇護するのが、イハナガヒメの末裔たる醜女、末摘花の呪力に他ならない[3]。

男女相愛の構図は、もののけの出現によって一転、夕顔ははかなく息絶えてしまった。

③この人をえ抱きたまふまじければ、上蓆におしくくみて、惟光乗せたてまつる。いとささやかにて、うとましげもなく、らうたげなり。したたかにしもえせねば、髪はこぼれ出でたるも、目くれまどひて、あさましう悲し、と思せば、なり果てむさまを見むと思せど、（惟光）「はや、御馬にて、二条院へおはしまさむ。人騒がしくなりはべらぬほどに」とて、右近を添へて乗すれば、徒歩より、君に馬はたてまつりて、くくり引き上げなどして、かつは、いとあやしく、おぼえぬ送りなれど、御気色のいみじきを見たてまつれば、身を捨てて行くに、君は物もおぼえたま

はず、我かのさまにて、おはし着きたり。

人々「いづこより、おはしますにか。なやましげに見えさせたまふ」など言へど、御帳の内に入りたまひて、胸をおさへて思ふに、いといみじければ、などて、乗り添ひて行かざりつらむ、生き返りたらむ時、いかなる心地せむ、見捨てて行きあかれにけりと、つらくや思はむと、心まどひのなかにも、思ほすに、御胸せきあぐる心地したまふ。御頭も痛く、身も熱き心地して、いと苦しく、まどはれたまへば、かくはかなくて、我もいたづらになりぬるなめりと思す。

日高くなれど、起き上がりたまはねば、人々あやしがりて、御粥などそのかしきこゆれど、苦しくて、いと心細く思さるるに、内裏より御使あり。昨日、え尋ね出でたてまつらざりしより、おぼつかながらせたまふ。大殿の君達参りたまへど、頭中将ばかりを、「立ちながら、こなたに入りたまへ」とのたまひて、御簾の内ながらのたまふ。（源氏）「乳母にてはべる者の、この五月のころほひより、重くわづらひはべりしが、頭剃り忌むこと受けなどして、そのしるしにや、よみがへりたりしを、このごろ、またおこりて、弱くなむなりにたる、『今一度、とぶらひ見よ』と申したりしかば、いときなきよりなづさひし者の、今はのきざみに、つらしとや思はむ、と思うたまへてまかれりしに、その家なりける下人の、病しけるが、にはかに出であへで亡くなりにけるを、怖ぢ憚りて、日を暮らしてなむ、取り出ではべりけるを、聞きつけはべりしかば、神事なるころ、いと不便なること、と思うたまへかしこまりて、え参らぬなり。この暁より、しはぶき病みにやはべらむ、頭いと痛くて苦しくはべれば、いと無礼にて聞こゆること」などのたまふ。

（夕顔 ①一七二～一七四頁）

夕顔の遺骸は、ようやく参上した惟光が東山へ移した。二条院に帰宅後、源氏の体調は急変する。見舞いに訪れた頭中将に、源氏は「しはぶき病み（感冒）」で苦しいと訴える。「もののけ」と「しはぶき病み」は一続きのものであり、「もののけ」により「しはぶき病み」が誘発された印象がある。

④（源氏）「かかる道の空にて、はふれぬべきにやあらむ。さらに、え行き着くまじき心地なむする」とのたまふに、惟光、心地まどひて、我がはかばかしくは、さのたまふとも、かかる道に率て出でたてまつるべきかはと思ふに、いと心あわたたしければ、川の水に手を洗ひて、清水の観音を念じたてまつりても、すべなく思ひまどふ。君も、しひて御心を起こして、心のうちに仏を念じたまひて、また、とかく助けられたまひてなむ、二条院へ帰りたまひける。

あやしう夜深き御歩きを、人々「見苦しきわざかな。このごろ、例よりも静心なき御忍び歩きのしきるなかにも、昨日の御気色の、いと悩ましう思したりしに。いかでかく、たどり歩きたまふらむ」と、嘆きあへり。

まことに、臥したまひぬるままに、いといたく苦しがりたまひて、二、三日になりぬるに、むげに弱るやうにしたまふ。内裏にも、聞こしめし、嘆くこと限りなし。御祈り、方々に隙なくののしる。祭、祓、修法など、言ひ尽くすべくもあらず。世にたぐひなくゆゆしき御ありさまなれば、世に長くおはしますまじきにやと、天の下の人の騒ぎなり。

苦しき御心地にも、かの右近を召し寄せて、局など近くたまひて、さぶらはせたまふ。惟光、心地も騒ぎまどへど、思ひのどめて、この人のたづきなしと思ひたるを、もてなし助けつつさぶらはす。

君は、いささか隙ありて思さるる時は、（右近を）召し出でて使ひなどすれば、ほどなく交じらひつきたり。服、いと黒くして、容貌などよからねど、かたはに見苦しからぬ若人なり。（源氏）「あやしう短かかりける御契りにひかされて、我も世にえあるまじきなめり。年ごろの頼み失ひて、心細く思ふらむ慰めにも、もしながらへば、よろづに育まむとこそ思ひしか、ほどなく、またたち添ひぬべきが、口惜しくもあるべきかな」と、忍びやかにのたまひて、弱げに泣きたまへば、言ふかひなきことをばおきて、いみじく惜しと思ひきこゆ。

殿のうちの人、足を空にて思ひまどふ。内裏より、御使、雨の脚よりもけにしげし。思し嘆きおはしますを聞きたまふに、いとかたじけなくて、せめて強く思しなる。大殿（左大臣）も経営したまひて、大臣、日々に渡りたまひつつ、さまざまのことをせさせたまふしるしにや、二十余日、いと重くわづらひたまひつれど、ことなる名残のこらず、おこたるさまに見えたまふ。

（一ヶ月間の）穢らひ忌みたまひしも、一つに満ちぬる夜なれば、おぼつかながらせたまふ御心、わりなくて、内裏の御宿直所に参りたまひなどす。大殿、我が御車にて迎へたてまつりたまひて、御物忌なにやと、むつかしう慎ませたてまつりたまふ。我にもあらず、あらぬ世によみがへりたるやうに、しばしはおぼえたまふ。

九月二十日のほどにぞ、おこたり果てたまひて、いといたく面瘦せたまへれど、なかなか、いみじくなまめかしくて、ながめがちに、音をのみ泣きたまふ。見たてまつりとがむる人もありて、「御物の怪なめり」など言ふもあり。（夕顔　①一八〇〜一八三頁）

源氏は無理を押して東山へ行く。夕顔の亡骸と対面し、嗚咽するのだった。惟光に助けられて、ようやく帰宅するも、病状はさらに悪化、一時は命が危ぶまれる事態となる。全快するまでほぼ一ヶ月を要した。これについて、鈴木日出男氏は「病気回復の時点が、死の穢れの忌み明けの日と重なっているのである〔…〕源氏の回復は、あたかも別世界からの帰還という感覚である。それまでの三十日間にわたる物忌みの期間、彼はその死せる魂を追いつづけていたということにもなろう」と評している(4)。いったい、源氏と夕顔の物語は、官能と死の雰囲気が色濃い。滅びの予感が、情念の炎をいっそう激しく燃え立たせる、と言うべきか。

若さゆえの軽々しい振る舞いが、源氏を重病にし、さらには夕顔を死に至らしめた。若い貴公子が恋の忍び歩きによって罹病する、(5)よく似た例を挙げよう。『和泉式部日記』や『栄花物語』の伝える、弾正宮為尊親王（冷泉皇子）の微行である。

⑤（帥宮敦道親王は）おはしまさむと思し召して、薫物などせさせたまふほどに、侍従の乳母まうのぼりて、「出でさせたまふはいづちぞ。このこと人々申すなるは。何のやうごとなき際にもあらず。使はせたまはむと思し召さむ限りは、召してこそ使はせたまはめ。かろがろしき御歩きは、いと見苦しきことなり。そが中にも、人々あまた来通ふ所なり。びんなきことも出でまうで来なむ。すべてよくもあらぬことは、右近の尉なにがしがし始むることなり。故宮（弾正宮為尊親王）をも、これこそ率て歩きたてまつりしか。夜、夜中と歩かせたまひては、よきことやはある。かかる御供に歩かむ人は、大殿（道長）にも申さむ。世の中は今日明日とも知らず変はりぬべかめるを、殿の思しおきつることもあるを、世の中御覧じ果つるまでは、かかる御歩きなくてこそおはしまさめ。」（和泉式部日記　新編日本古典文学全集・三〇〜三一頁）

⑥弾正宮（為尊親王）うちはへ御夜歩きの恐ろしさを、世の人やすからず、あいなきことなりと、さかしらに聞こえさせつる、今年はおほかたいと騒がしう、いつぞやの心地して、道大路のいみじきに、ものどもを見過ぐしつつあさましかりつる御夜歩きのしるしにや、いみじうわづらはせ

たまひて、失せたまひぬ。このほどは新中納言、和泉式部などに思しつきて、あさましきまでおはしましつる御心ばへを、憂きものに思しつれど、上はあはれに思し嘆きて、四十九日のほどに尼になりたまひぬ。

（栄花物語・鳥辺野 ①三五六〜三五七頁）

式部のかつての恋人弾正宮は、夜歩きを重ねているうちに感染し、二六歳の若さで世を去った。長保四年のことである。弟の帥宮の乳母は、それゆえに宮が式部の許に通うのを不安に思い、諌止するのである。なお、式部と弾正宮の恋愛関係については否定説も有力であり、定説を見ないが、ここでは立ち入らない。弾正宮の追憶から始発するように、『和泉式部日記』もまた、死の雰囲気の濃厚な作品である。時折、帥宮が死への不安を洩らすのも、夭折した兄を意識するところが大きいのだろう。軽薄、奔放に見える帥宮の振る舞いも、死への畏れに由来していよう。実際、式部との愛の生活は長続きせず、宮も寛弘四年に二七歳で早世するのだった。

五　源氏物語の病（二）　わらはやみ（瘧病）

夕顔巻の翌年、一八歳の光源氏は「瘧病《わらはやみ》（おこり・えやみ・マラリヤ）」に罹り、加持祈祷のために北山の聖を訪ねる。ここで生涯の伴侶となる紫上（若紫）と出逢うことになる。もともと接点のない源氏と紫上を結びつける重要な契機が「病」であった。「病」によって新たな物語が開かれた。

①瘧病にわづらひたまひて、よろづにまじなひ加持など参らせたまへど、しるしなくて、あまたたびおこりたまひければ、ある人、「北山になむ、なにがし寺といふ所に、かしこき行ひ人はべる。去年の夏も世におこりて、人々まじなひわづらひしを、やがてとどむるたぐひ、あまたはべりき。ししこらかしつる時はうたてはべるを、とくこそ試みさせたまはめ」など聞こゆれば、召しに遣はしたるに、（聖）「老いかがまりて、室の外にもまかでず」と申したれば、（源氏）「いかがはせむ。いと忍びてものせむ」とのたまひて、御供にむつましき四、五人ばかりして、まだ暁におはす。

やや深う入る所なりけり。三月のつごもりなれば、京の花盛りはみな過ぎにけり。山の桜はまだ盛りにて、入りもておはするままに、霞のたたずまひもをかしう見ゆれば、かかるありさまもならひたまはず、所狭き御身にて、めづらしう思されけり。寺のさまもいとあはれなり。峰高く、深き岩の中にぞ、聖入りゐたりける。登りたまひて、誰とも知らせたまはず、いといたうやつれたまへれど、しるき御さまなれば、（聖）「あな、かしこや。一日、召しはべりしにや、おはしますらむ。今は、この世のことを思ひたまへねば、験方の行ひも捨て忘れてはべるを、いかで、かうおはしましつらむ」と、おどろき騒ぎ、うち笑みつつ見たてまつる。いと尊き大徳なりけり。さるべきもの作りて、すかせたてまつる。加持など参るほど、日高くさし上がりぬ。〔…〕

（供人）「暮れかかりぬれど、おこらせたまはずなりぬるにこそはあめれ。はや帰らせたまひなむ」とあるを、大徳、（聖）「御もののけなど、加はれるさまにおはしましけるを、今宵は、なほ静かに加持など参りて、出でさせたまへ」と申す。

（若紫　①一九九〜二〇五頁）

「瘧病」と昨年の夕顔巻での大患は無関係とするのが現在一般的な理解である。しかし「去年の夏も世におこりて」とあるように、連想を誘うのも事実である。先述したように、しばしば「ゆゆし」と評される若き光源氏は、常に病や死と隣り合わせにある。

「三月つごもり」という時節は、春の女君、紫上の登場にふさわしい。と同時に、「季春　鎮花祭謂ふ。大神狭井二祭なり。春花飛散の時に在りて、疫神分散して癘を行ふ。其の鎮遏《ちんあつ》の為に必ず此の祭有り。故に鎮花と曰ふ。」（令義解）とある、鎮花祭との関連が注目される。(6) 都では疫鬼が跳梁を始めようと様子を窺っている。一方、すでに桜が散った都とは異なり、花盛りの北山は桃源郷のごとき、生命力に溢れた異世界である。療養には格好の場所といえよう。

②明けゆく空は、いといたう霞みて、山の鳥どもそこはかとなうさへづりあひたり。名も知らぬ木草の花ども、いろいろに散りまじり、錦を敷けると見ゆるに、鹿のたたずみ歩くも、めづらしく見たまふに、悩ましさも紛れ果てぬ。

（若紫　①二一九頁）

実際、聖の加持祈祷と、北山の自然に癒やされ、源氏の病は快方へと向かうのであった。源氏が「瘧病」に罹患するのは、北山行きを導くためのプロット上の要請ではあるが、物語の主題とも関わるところがあろう。

③僧都、世の常なき御物語、後の世のことなど聞こえ知らせたまふ。我が罪のほど恐ろしう、あぢきなきことに心をしめて、生ける限り、これを思ひ悩むべきなめり、まして後の世のいみじかるべき思し続けて、かうやうなる住まひもせまほしうおぼえたまふものから、昼の面影、心にかかりて恋しければ

（若紫　①二一一～二一二頁）

若紫巻以前、すでに源氏は藤壺との間に大きな罪を犯している。胸に秘めた藤壺への思慕、罪の意識といった暗い情念が顕現したのが「瘧病」とは考えられないだろうか。発熱・発作を繰り返す「瘧病」は、鎮めがたい恋の煩悶、懊悩と重なり合うものがある。

賢木巻の朧月夜もまた、「瘧病」に罹患している。

④そのころ、尚侍の君（朧月夜）まかでたまへり。瘧病に久しう悩みたまひて、まじなひなども

心やすくせむとてなりけり。修法など始めて、おこたりたまひぬれば、誰も誰も、うれしう思すに、例の、めづらしき隙なるをと、聞こえ交はしたまひて、わりなきさまにて、夜な夜な対面したまふ。いと盛りに、にぎははしきけはひしたまへる人の、すこしうち悩みて、痩せ痩せになりたまへるほど、いとをかしげなり。后の宮（弘徽殿大后）も一所におはするころなれば、けはひいと恐ろしけれど、かかることしもまさる御癖なれば、いと忍びて、たび重なりゆけば、けしき見る人々もあるべかめれど、わづらはしうて、宮には、さなむと啓せず。

（賢木 ②一四三〜一四四頁）

瘧病に罹患した朧月夜は里邸に退出、大胆にも源氏と密会を重ねる。病み上がりの朧月夜は以前にもまして魅力的である。政敵の邸でのスリリングな逢瀬は、いっそう情熱を掻き立てるものでもあった。当然ながら二人の関係は右大臣・弘徽殿の知るところとなり、源氏の政界放逐が企てられる。この場面は「藤壺の宮、悩みたまふことありて、まかでたまへり〔…〕かかるをりだにと心もあくがれまどひて」（若紫 ①二三〇頁）あるのに酷似する。藤壺との恋も、朧月夜とのそれも、人目を憚る禁じられた恋である。やはり秘められた情念が顕現したのが「瘧病」であるといえよう。そもそも朧月夜との情事は、源氏が藤壺を求めて徘徊していたことから始まった。藤壺物語と朧月夜物語は縒り合わせたかのように連関が密であるが、[7]「瘧病」は両者を結びつける一つの符牒となっていよう。この二人の女君との危険な情事が源氏を破滅へと導くのであり、光源氏の死（と再生）の物語の序章として「瘧病」はあるのではないか。

むすび

『拾遺集』哀傷の、有名な贈答（一二九九・一三〇〇）を取り上げて、むすびとしたい。

　　昔見はべりし人々多く亡くなりたることを嘆くを見はべりて　　藤原為頼
世の中にあらましかばと思ふ人なきが多くもなりにけるかな

　　返し　　右衛門督公任
常ならぬ世は憂き身こそ悲しけれその数にだに入らじと思へば

一二九九番歌は、『為頼集』（二六）詞書では「小野宮（実頼）の御忌日に、法住寺に参るとて、同じほどの人の多く参りしを思ひ出でて」とあり、続けて「あるはなくなきは数そふ世の中にあはれいつまで生きむとすらむ」という小大君の返歌を載せる。長徳二年五月一八日の法要の際の詠作とみられる。その前年には、第三節に見たように、中関白道隆をはじめ、多くの人命が疫病によって世を去った。親しい人々に死なれ、この世に取り残された悲哀を詠んだ名歌である。その為頼もまた、後を追うように長徳四年の冬ごろに没したらしい。この年も疫病が猖獗を極めたのであった。為頼歌は、『源氏物語』玉鬘巻頭に引かれている。

年月隔たりぬれど、飽かざりし夕顔をつゆ忘れたまはず、心々なる人のありさまどもを見たまひ重ぬるにつけても、あらましかばとあはれに口惜しくのみ思し出づ。（玉鬘　③八七頁）

夕顔の死から一七年もの歳月が過ぎたが、源氏の喪失感は癒やされない。この印象的な場面に、為頼の名歌を引くことで、紫式部は伯父を追懐したのだろうか。為頼だけでない。長保三年には、夫宣孝がおそらく疫病で世を去った。他にも疫痢の犠牲となった知人縁者は少なくなかったであろう。夕顔を偲ぶ源氏の姿には、式部の、多くの人々との悲しい離別が投影しているようにも思われる。

注

（1）この時期の疫病について論じた論著は少なくないが、近時のものとして北村優季『平安京の災害史』（吉川弘文館、二〇一二年）がある。また、疫病に限らず、平安時代の医学全般について、服部敏良『平安時代医学史の研究』（吉川弘文館、一九五五年）、同氏『王朝貴族の病状診断』（吉川弘文館、一九七五年）が今でもなお最も総合的で優れた研究である。

（2）『源氏物語』の病について全体的に論じたものに、島内景二「源氏物語における病とその機能」（『むらさき』

一九八一年七月）、飯沼清子「源氏物語における〈病〉描写の意味」（『國學院雑誌』一九八二年二月）などがある。

（3）鈴木日出男「夕顔から末摘花へ」（『源氏物語虚構論』東京大学出版会、二〇〇三年）

（4）「夕顔物語の主題」（注（2）前掲書）

（5）松岡智之「恋の微行と病」（『日本文学』二〇〇一年五月）は、夕顔巻の源氏や浮舟巻の匂宮など、微行する貴公子の罹患の例を一種の「話型」とする。

（6）室伏信助「源氏物語の発端とその周辺」（『王朝物語史の研究』角川書店、一九九五年）。また、三月二〇日ごろに行われた、花宴巻の右大臣家の藤花宴や、胡蝶巻の船楽は、鎮花祭の疫病退散の射礼と遊びを意味するとする説もある（三谷栄一「源氏物語と鎮華祭」『武蔵野文学』一九六七年一二月）。「蝶は、捕らふれば、手にきも付きて、いとむつかしきものぞかし。また、蝶は、捕らふれば、瘧病せさすなり。あな、ゆゆしとも、ゆゆし」（堤中納言物語・虫めづる姫君）とあるのによれば、瘧病は、蝶が飛散させるとも考えられていたらしい。

（7）久富木原玲「源氏物語の密通と病」（『源氏物語と和歌の論』青簡舎、二〇一七年）が、両物語と「瘧病」の関係について注意している。

あとがき

本書の出発点は、名古屋大学国語国文学会の令和二年（二〇二〇）度大会の企画「疫病と日本文学」にある。名古屋大学国語国文学会は、同大学所属の日本語、日本文学関係の教員と大学院生、ならびに卒業生・修了生によって構成される学内学会である。この学会では例年、教員が持ち回りで企画を考え、日本語学、古典文学、近代文学などバラエティに富んだシンポジウムを開催している。同年度の大会の企画担当は、このあとがきを書いている日比で、新型コロナウイルス感染症によるパンデミックが世界を席巻する中での企画立案となった。分野や時代の異なる研究者で構成されるこの学会には、時代横断的なテーマを追えるという利点がある（日本文学研究系の大きな学会のほとんどは、時代別に細分化されている）。この利点を生かし、日本文学が疫病をどう書いてきたのか通覧してみたい、と提案したものが企画の出発点である。

シンポジウムには、名古屋大学の学内から大井田晴彦さん、塩村耕さん、司会進行の日比嘉高が登壇、そして学外から島村輝さんをお招きした。シンポジウムを含む同大会は令和二年（二〇二〇）一二月一二日（土）にオンラインで開催され、午前中には大学院生の発表があり、午後からシンポジウムとなった。午後の部の参加人数は七〇名超と、さほど学外へ宣伝をしなかった学内学会としては、まず上々の参加者数となった。

シンポジウム企画の準備を進める中、三弥井書店の吉田智恵さんに話が伝わり、書籍化のご提案をいただいたことは、想定外の嬉しい展開となった。テーマがテーマだけに、ある程度の関心を呼ぶことは見越していたが、報告の内容を記録に残すことまでは考えていなかった。しかし早々にご連絡を下さった吉田さんと意見を交わす中で、出版物としてまとめ、世に問うことの意義と魅力を確認することができた。先に名前を挙げた登壇者四名の論考に加え、名古屋大学出身・在籍である八名の研究者に、新たに論考やコラムを依頼することとなった。書籍として公刊する際に編者は個人名である方がよいという三弥井書店のご意向を受けて編者名は日比嘉高となっているが、上述の経緯のとおり、内容としては名古屋大学国語国文学会会員による論文集といった方が適切である。

大学の世界だけ、研究の世界だけで成果を出し合うのではなく、日本語・日本文学・日本文化に関心を寄せる一般の人々に向けて、あるいはそうした関心の枠さえも超えて、学術的な知見をわかりやすく伝えていくことは、いうまでもなく重要である。私は、研究者というものは「運び手」の一種なのだと考えている。「運び手」の役割は、遠く過ぎ去った時代の出来事、埋もれてしまっている資料、いまだ評価の定まらない作品などに向き合い、解きほぐし、新たな何かとつなぎ直し、研究の世界の仲間やその外の世界にいる人たちに、意義や面白さを伝えていくことである。そしてその資料や作品を、場を越え、ジャンルを越え、関心の壁を越え、時代を越えて、その先へと運んでいくのである。

今回の論文集は、令和二年（二〇二〇）に始まったパンデミックに、日本文学研究がどう向き合ったのかを書き残す一つの記録となるだろう。編者としての色気を言えば、それ以上の何かを、読者の元に運ぶことができていれば、望外の喜びである。

令和三年（二〇二一）四月一五日　オンライン授業二年目の新学期に

日比　嘉高

島村　輝（しまむら　てる）

1957年生まれ。フェリス女学院大学教授。東京大学大学院客員教授。文学修士。
主要著書・論文　読み直し文学講座Ⅳ『志賀直哉の短編小説を読み直す』（かもがわ出版、2021年）、「「昭和文学」の輪郭―「元号」が規定したもの／隠蔽したもの」（『国語と国文学』第97巻9号、2020年9月）。

榊原　千鶴（さかきばら　ちづる）

1961年生まれ。名古屋大学教授。博士（文学）。
主要著書　『烈女伝　勇気をくれる明治の8人』（三弥井書店、2014年）、『皇后になるということ　美子と明治と教育と』（三弥井書店、2019年）。

中根　千絵（なかね　ちえ）

1967年生まれ。愛知県立大学教授。博士（文学）。
主要著書　『今昔物語集の表現と背景』（三弥井書店、2000年）、編著に『いくさの物語と諧謔の文学史』（三弥井書店、2010年）、『医談抄』（編著、三弥井書店、2006年）、『いくさの物語と諧謔の文学史』（編著　三弥井書店、2010年）、『改訂版愛知で知る読む日本文学史15講』（編著、三弥井書店、2020年）、『昔物語治聞集』（編著、三弥井書店、2020年）。

近本　謙介（ちかもと　けんすけ）

1964年生まれ。名古屋大学教授
主要著書　『アジア遊学　シルクロードの文化学』（共編著、勉誠出版、2017年）、『天野山金剛寺善本叢刊第一期　第二巻：教化・因縁篇』（共編著、勉誠出版、2017年）、『春日権現験記絵注解』（共編著、和泉書院、2005年〔2014年改訂重版〕）。

塩村　耕（しおむら　こう）

1957年生まれ。名古屋大学教授。博士（文学）。
主要著書　『江戸人の教養―生きた、見た、書いた。』（水曜社、2020年）、『大田常庵日記』（太平書屋、2021年）。

大井田　晴彦（おおいだ　はるひこ）

1969年生まれ。名古屋大学准教授。博士（文学）
主要著書　『うつほ物語の世界』（風間書房、2002年）、『竹取物語　現代語訳対照・索引付』（笠間書院、2012年）、『伊勢物語　現代語訳・索引付』（三弥井書店、2019年）。

執筆者紹介

日比　嘉高（ひび　よしたか）

1972年生まれ。名古屋大学教授。博士（文学）。
主要著書　『〈自己表象〉の文学史　自分を書く小説の登場』（翰林書房、2002年）、『ジャパニーズ・アメリカ　移民文学・出版文化・収容所』（新曜社、2014年）、『文学の歴史をどう書き直すのか　二〇世紀日本の小説・空間・メディア』（笠間書院、2016年）、『図書館情調』（編著、皓星社、2017年）、『「ポスト真実」の時代』（共著、祥伝社、2017年）、『プライヴァシーの誕生　モデル小説のトラブル史』（新曜社、2020）。

飯田　祐子（いいだ　ゆうこ）

1966年生まれ。名古屋大学教授。博士（文学）。
主要著書　『彼女たちの文学　語りにくさと読まれること』（名古屋大学出版会、2016年）、『女性と闘争　雑誌「女人芸術」と1930年前後の文化生産（共編著、青弓社、2019年）。

藤田　祐史（ふじた　ゆうじ）

1981年生まれ。名古屋大学非常勤講師。博士（文学）。
主要論文　「古井由吉の「連句的」とは何か—『野川』を中心に」（『文学・語学』第222号、2018年5月）、「久保田万太郎と関東大震災—俳句を中心に」（『原爆文学研究』第19号、2020年12月）。

宮地　朝子（みやち　あさこ）

1971年生まれ。名古屋大学教授。博士（文学）。
主要著書　『日本語助詞シカに関わる構文構造史的研究—文法史構築の一史論—』（ひつじ書房、2007年）、『ことばに向かう日本の学知』（共編著、ひつじ書房、2011年）。

高木　信（たかぎ　まこと）

1963年生まれ。相模女子大学教授。博士（文学）
主要著書　『平家物語・想像する語り』（森話社、2001年）、『平家物語　装置としての古典』（春風社、2008年）、『「死の美学化」に抗する　『平家物語』の語り方』（青弓社、2009年）。『亡霊たちの中世』（水声社、2020年）、『亡霊論的テクスト分析入門』（水声社、2021年）。

尹芷汐（いん　しせき）

1987年生まれ。大阪大学助教。博士（文学）。
主要論文　「『週刊朝日』と清張ミステリー—小説『失踪』の語りから考える」（『日本近代文学』第88集、2013年5月）。「名探偵の〈死〉とその後—日本の社会派推理小説と中国の法制文学」（『跨境—日本語文学研究』第2号、2015年8月）。

疫病と日本文学

2021(令和3)年7月15日　初版発行

定価はカバーに表示してあります。

編　者　日比嘉高
発行者　吉田敬弥
発行所　株式会社 三弥井書店
〒108-0073東京都港区三田3-2-39
電話03-3452-8069
振替00190-8-21125

ISBN978-4-8382-3383-0 C0091　整版・印刷　エーヴィスシステムズ
乱丁・落丁本はお取り替えいたします